스카이다이빙

스카이 다이빙

문경민 장편소설

차례

기도의 이유였던 것들

8월 말의 태양은 뜨거웠다. 음악 분수대 잔디밭에는 양산을 쓰고 앉은 사람들이 교향곡에 맞춰 너울거리는 물줄기를 바라보고 있었다. 나와 아빠도 돗자리에 앉아 음악 분수를 감상하며 도시락으로 싸 온 유부초밥을 먹었다.

아빠가 도시락통을 내려다보며 말했다.

"우리 몇 개씩 먹었지?"

"나 다섯, 아빠 다섯, 민아 다섯 개요. 하나 남은 건 민아 줘요."

민아는 분수대 앞에서 아이들 틈에 섞여 두 팔을 벌리고 서 있었다. 나는 핸드폰으로 시간을 확인했다. 음악 분수 공연이 끝나자마자 자리를 걷어야 오후 예배 시간에 맞출 수 있을 듯했다.

환호성을 올리듯 마지막 음이 터지자 모든 노즐에서 힘차게 물이 뿜어져 나왔다. 분사된 물이 허공에 정점을 찍은 순간, 산을 타고 내려온 바람이 솟구쳐 오른 물줄기를 분수대 앞에 있던 아이들 쪽으로 밀었다. 나무 형상을 이룬 물줄기가 아이들 머리 위로 쏟아졌다. 잔디밭에 있던 사람들이 즐거운 비명을 내질렀다. 분수대 앞 난간에 매달려 넋을 놓고 있던 아이들은 순식간에 물에 흠뻑 젖어 버렸다. 사람들은 너 나 할 것 없이 큰 소리로 웃으며 손뼉을 쳤다.

나도 웃으며 분수대를 바라보았다. 너무 더워서 버티는 기분으로 기다렸지만 서로 모르는 사람들이 같은 감정으로 하나가 됐던 순간에는 가슴이 시원해졌다.

스피커에서 다음 음악 분수 공연은 두 시간 뒤에 시작된다는 안내 방송이 울렸다. 아빠가 민아를 바라보며 웃음기 섞인 목소리로 말했다.

"녀석, 신났네. 신났어."

분수대 앞에 있던 민아가 손으로 뺨을 연이어 두드리며 우리 자리로 뛰어왔다. 사람들이 뜀박질이 어색한 민아를 흘끗거리고는 시선을 돌렸다. 이상하다는 눈으로 쳐다보지 않아서 고맙긴 했지만 고마움보다는 수치심이 조금 먼저였다.

아빠는 민아를 가볍게 안고 등을 토닥이며 물었다.

"재밌었어? 좋았어?"

민아는 말없이 고개만 끄덕이며 웃었다. 하나 남은 유부초밥을 젓가락으로 집어 주자 입을 벌려 그대로 받아먹었다. 한 살 어린 동생이었지만 민아는 어린아이 같았다. 고등학교 1학년인데도 마음과 생각의 나이는 다섯 살 정도였다. 민아에게 발급된 복지 카드 앞면에는 '장애정도 중증'이라는 문구가, 뒷면에는 '자폐성 장애'라는 문구가 인쇄되어 있었다.

민아의 젖은 머리칼에서 물이 뚝뚝 떨어졌다. 아빠는 가방에서 수건을 꺼내어 머리칼을 털어 주었다. 나는 돗자리를 접으며 말했다.

"예배 늦겠어. 늦으면 안 된다며."

내 말에 아빠는 한쪽 입꼬리를 올리며 대꾸했다.

"네. 윤아 말씀을 들어야지요. 얼른 할게."

한 시간 뒤 오후 예배에서 민아는 율동 공연을 할 예정이었다. 아침에 아빠는 내 눈치를 살피며 말했다. 오늘은 교회에 같이 가 주면 안 되겠느냐고. 나는 그러겠다고 했다. 아빠가 부탁하지 않았어도 갈 생각이었다. 무대에 선 민아를 보고 싶었으니까.

아빠는 산발이 된 민아의 머리칼을 손으로 정돈하며 말했다.

"이 정도면 머리는 대충 됐다."

아빠가 가방에 도시락과 텀블러를 챙기는 동안 민아는 잔디밭에 쪼그리고 앉아 알아들을 수 없는 소리로 흥얼거렸다. 나는 양산을 씌워 주며 민아 앞에 쪼그려 앉았다.

"민아야, '언니' 해 봐."

말을 해 보라는 요청이 부담이었던 걸까. 민아는 눈썹 사이를 좁히고 내게서 고개를 돌렸다. 민아는 글은 읽지만 말은 거의 하지 못했다.

"할 수 있어. 너 '아빠' 소리는 잘하잖아. '피자' 소리도 잘하고. 설마 내가 피자보다 못한 건 아니지?"

민아는 불편한 듯 웅얼거릴 뿐이었다. 뒤에서 아빠가 말했다.

"뭐 하니?"

나는 일어서며 말했다.

"아빠가 그렇게 좋아하는 언니 노릇."

"민아한테 말을 가르쳐 보시겠다?"

"피자한테 질 수는 없으니까요."

피자 소리에 민아가 히, 하고 웃으며 일어섰다. 조금 섭섭해지려던 내 마음마저 환해질 만큼 맑게.

나도 일어나서 민아를 향해 손을 뻗었다. 따듯하고 촉촉한 민아의 손이 내 손안에 들어와 감겼다. 우리는 주차장을 향해 걸으면서 허밍으로 노래를 불렀다. 노래 제목은 '엄마가 섬 그늘에'로 시작되는 〈섬집 아기〉. 엄마가 새벽까지 잠들지 못하는 민아를 재우기 위해 매일 밤 서른 번도 넘게 불렀던 노래였다.

우리는 교회 지하 4층의 장애인 주차 구역에 차를 대고 내렸다. 아빠와 민아는 장애인 부서의 예배당이 있는 지하 1층으로 갔고 나는 1층으로 올라가 대예배당으로 향했다. 아빠는 민아를 데려다주고 대예배당으로 올라올 터였다.

예배 시작까지는 시간이 있었다. 3천 명이 앉을 수 있다는 웅장한 대예배당은 시원하고 한산했다. 무대 왼편에서는 드럼과 일렉 기타, 베이스 기타, 건반을 치는 사람들이 반주 연습을 하고 있었다. 긴 의자에 앉아 기도를 하는 사람들도 보였다.

기도하는 사람들의 진지한 얼굴을 바라보는데 쓸쓸한 웃음이 났다. 내게도 진심을 담아 기도했던 날들이 있었다. 초등학교 3학년 여름, 교통사고로 엄마가 수술실로 들어갔을 때 나는 수술실 밖에서 간절히 기도했다. 엄마를 꼭 살려 달라고.

엄마는 수술실에서 살아 나오지 못했다. 그 뒤로 아빠가 기도하는 모습을 보면 화가 났다. 아빠, 기도가 나와? 신이 원망스럽지도 않아? 나는 도저히 기도 따위 못 할 것 같아. 속에서 일렁이는 말을 내뱉지는 않았지만 민아가 집이나 학교에서 사건을 일으킬 때마다 나는 하늘을 올려다보며 중얼거리곤 했다. 대체 우리한테 왜 이러세요? 라고.

나의 기도는 이루어지지 않았다. 아빠의 기도 제목이었던 민아의 장애도 사라지지 않았다. 민아의 치료교육을 위해 시골에서 도시로 이사 온 뒤로는 집이 2년 단위로 작아졌다. 재작년부터는 아빠의 건강에도 문제가 생겼다. 아빠는 걷는 것을 힘들어했고 느닷없이 찾아오는 고열에 시달렸으며 두드러기와 가슴 통증에 시달렸다. 아빠는 천천히, 조금씩, 그리고 확실하게 약해져 갔다. 여러 병원을 돌아다닌 끝에 아빠는 스트레스로 인해 자가면역질환이 생긴 것 같다는 모호한 진단을 받아 왔다.

나는 허리를 바로 세우고 어깨를 폈다. 아까 음악 분수대에서 우연히 마주했던 흐뭇한 순간을 마음에 그려 보았다. 오늘은 어쩐지 환한 일이 더 펼쳐질 것 같았다. 민아의 공연이 끝난 뒤에 집으로 돌아가는 길은 분명 평온할 것이었다.

오늘은 8월 30일. 본격적으로 시작된 고등학교 2학년 2학기를 어떻게 지낼지가 중요했다. 핸드폰에 정리해 둔 공부 계획을 점검하는데 의자 옆 통로에서 시원시원한 목소리가 들렸다.

"아니, 이게 누구야. 우리 위원장님이시네! 이번에 아주 큰일 맡으셨다고 들었는데, 교회에 다시 나오기로 하셨구나!"

"아버지께 효도하는 셈 치고 나왔습니다. 여러 선한 분들 도움도 필요하고 해서요. 저도 다시 주님의 품에 안길 수 있겠죠?"

"당연하죠! 돌아온 탕자니까 더 할렐루야!"

주님의 품을 운운하는 남자의 목소리가 귀에 꽂혔다. 나는 고개를 돌려 통로 쪽을 쳐다보았다. 정장 차림의 나이 지긋한 아주머니와 머리칼을 뒤로 깨끗이 넘긴 남자가 이야기를 나누고 있었다. 저절로 어금니에 힘이 들어갔다. 아주머니는 모르는 사람이었으나 깍듯이 예의를 차리는 남자는 다시는 보고 싶지 않은 사람이었다.

내 시선을 느꼈던 걸까. 남자의 웃는 눈이 나를 향했다. 남자는 웃음을 지우지 않은 채로 아주머니를 보낸 뒤, 내 옆으로 다가와 풀썩 앉았다.

"이 교회를 다녔어?"

이름은 박진. 깔끔하고 세련된 차림에 각진 몸. 그는 아빠가 국어 교사로 일했던 사립 고등학교의 행정실장이었다. 박진은 작년 겨울, 과일바구니를 앞세우고 빙글거리는 얼굴로 우리 집에 들어와 나와 민아를 보며 말했다.

"아빠는 아직인가?"

"누구세요?"

내 물음에 거실에 들어선 박진은 입꼬리를 비틀어 올리며 대꾸했다.

"너희 아빠의…… 원수?"

그때 그가 내보인 희고 가지런한 이가 지금도 기억에 선명했다. 나는 왼편에 앉은 박진에게 시선도 주지 않고 앞만 보았다. 박진은 반주에 맞춰 찬송가를 흥얼거리다가 불쑥 내게 말을 걸었다.

"교회는 참 안 변해. 어릴 때 들은 찬송가를 지금도 부르고 있잖아."

내가 아무런 대꾸도 않자 박진은 한가로운 투로 다시 말을 이었다.

"기억도 참 안 변해. 한 번 딱 각인되면 되풀이되고 되풀이된다니까?"

나는 윗니로 아랫입술을 지그시 눌렀다. 무섭고 싫었으나 자리를 옮기는 건 도망치는 것으로 비칠 것 같았다.

"늬 아빠는 안녕하시지?"

나는 고개를 돌려 박진을 똑바로 쳐다보았다. 박진은 거대한 십자가에 눈을 둔 채 빈정거리며 말했다.

"학원 생활이나 학교생활이나 비슷할 거야. 적응 잘하셨지?"

아빠는 학교를 그만두고 학원에서 국어 교사로 일하는 중이었다. 나는 용기를 내어 응수했다.

"하나님은 정말 사람을 가리지 않고 받아 주시나 봐요."

내 말에 박진은 코웃음을 쳤다.

"아빠 오실 거예요. 다른 데 가서 앉으세요."

"야, 조만간 너희 아빠는 말이지."

"우리 아빠가 뭐요?"

아빠의 이름은 강종철. 강하고 정직한 사람이었다. 사립학교 재단 비리를 공익신고 한 뒤로 많은 어려움을 겪었으나 나는 아빠의 선택이 자랑스러웠다. 박진의 아버지인 이사장이 뇌물과 각종 비리로 구속된 것도, 공범이나 다름없는 박진이 행정실장 자리에서 파면된 것도 아빠의 용기 덕분이었다.

박진은 천천히 일어서서 재킷의 단추를 잠그며 말했다.

"강종철 씨 말이야. 이걸 뭐라고 말해야 하나, 잘 모르겠는데 말이지."

아빠를 두고 이기죽거리는 박진의 얼굴이 가증스러웠다. 신에게 원한을 품는 건 우습지만 박진에게는 합당했다. 아빠의 고통은 부도덕한 박진 일가 때문이었으므로.

나는 내리까는 박진의 시선을 맞받았다. 박진은 그런 나를 보다가 피식 웃었다.

"말해 봐요. 우리 아빠가 뭐요?"

박진은 허리를 숙여 내 귀에 대고 속삭였다.

"돈은 좀 남았나?"

최선을 다해 좋은 쪽으로

담임 선생님이 종례를 마치자마자 교실은 가방 챙기는 소리와 책걸상 끄는 소리로 부산해졌다. 오늘은 5시 반까지 학원에 가야 했다. 9월의 첫날이었으나 공부 좀 하는 애들은 한 달 반 뒤에 있을 중간고사 대비에 벌써 들어갔다.

핸드폰을 켜고 아빠와의 채팅방에 들어갔다. 치료 방법을 묻기 위해 병원에 간 아빠에게서는 아무 소식이 없었다. '민아 클럽'이라는 이름의 채팅방에 민아의 장애인 활동 지원사님이 보낸 메시지가 들어와 있었다. 확인하기도 전에 양미간이 좁아졌다.

—오늘도 허리가 말썽이네. 아무래도 민아 데리고 언어 치료실 가기 어렵겠는데…….

나는 말줄임표가 싫다. 미안하면 미안하다고 적으면 된다. 미안하다는 말이 자존심 상해서 점으로 대신하는 게 말줄임표의 비겁한 쓰임새가 아닐까.

'어렵다'는 말을 사용했지만 진의는 안 온다는 말이었다. 넉 달 전에 새로 계약한 장애인 활동 지원사님은 전에 함께했던 분과 너무 달랐다. 일주일에 한두 번은 늦었고 아예 오지 않는 때도 있었다. 허리가 아프다는 건 석 달 전에도 들었던 말이었다.

요즘 들어 민아를 돌보는 일이 자꾸만 내 몫으로 넘어왔다. 아빠는 학원 수업을 마치고 8시가 넘어야 집으로 돌아올 터였다. 민아의 이동과 저녁 시간을 담당하는 활동 지원사님이 오지 않으면 내가 빈자리를 메워야 했다.

민아는 나와 같은 고등학교였다. 나는 2학년, 민아는 1학년. 민아는 교실과 특수학급을 오가며 학교생활을 하다가 방과 후에는 치료교육을 받았다. 월요일, 수요일, 금요일에는 프란치스코 복지관에 갔고 화요일과 목요일에는 시내에 있는 언어 치료실에 갔다.

민아를 데리고 언어 치료실에 가려면 버스와 전철을 갈아타야 했다. 5시부터 6시 반까지 이어지는 치료교육 프로그램에 참여한 뒤 집에 오면 7시가 훌쩍 넘을 것이었다.

나는 눈을 꾹 감고 마음 벽에 새겨 둔 문구를 떠올렸다.

'최선을 다해 좋은 쪽으로.'

최선을 다해 좋은 쪽을 보자는 게 나름의 신조였다. 내 삶의 몇몇 조건이 내 기분을 진창으로 끌어 내리려 할 때, 이렇게 읊조리고 나면 마음이 조금은 단단해지는 것 같았다. 공부는 민아를 언어 치료실에 들여보낸 뒤 근처 카페에서 할 수 있다. 민아와 함께 지하철과 버스를 타고 집에 돌아오는 길이 산책처럼 느껴질 수도 있는 일이었다.

눈을 뜨자 주변이 아까보다 밝아진 것 같았다. 가방을 챙기고 의자에서 일어서려는데 핸드폰에 아빠의 메시지가 떴다.

—윤아야, 아빠가 아직 병원이라 네가 민아 데리고 언어 치료실 다녀올 수 있어? 집에 최대한 빨리 갈게.

나는 응, 이라고 적고 아빠에게 물었다.

—병원에서는 뭐래? 치료 방법이 있대?

답은 바로 오지 않았다. 나는 화면을 응시하며 아빠가 보낼 문장을 기다렸다.

—잘 모르겠대.

기운이 빠졌다. 내가 채팅창에 아무 반응도 보이지 않자 아빠는 서두르는 기색으로 메시지를 올렸다.

—건강관리 잘하고 있으니 별 탈 없을 거야. 너는 네 갈 길 잘 가면 돼.

괜찮을 거라는 아빠의 말을 믿고 싶었으나 마음은 정반대였다. 나는 양 엄지를 놀려 아빠에게 메시지를 보냈다.

—민아 데리고 갔다 올게요. 아빠는 좀 쉬어요.

핸드폰을 주머니에 넣고 자리에서 일어섰다. 같이 학원 다니는 애들에게 사정을 이야기한 뒤 1층으로 내려가는데 뒤에서 "윤아 언니!" 하고 나를 부르는 목소리가 들렸다.

도희였다. 특수학교에 다니는 남동생을 둔 도희는 볼 때마다 밝았다. 처음에는 웃는 가면이라도 쓰고 다니는 건가 싶었는데 몇 번 이야기를 나누고 보니 타고난 성품이 명랑한 듯했다.

도희와 친하게 된 건 지난봄이었다. 아빠, 나, 민아 셋이서 경복궁에 갔을 때였다. 비 예보가 있긴 했으나 민아와의 약속을 지켜야 해서 나선 외출이었다. 셋이서 고궁 산책을 한 뒤 집으로 돌아오는데 봄비가 내리기 시작했다. 한여름 소나기처럼 도로에 회부연 기운이 서리는 굉장한 비였다. 우산을 쓰고 전철을 타러 가는데 거리에 플래카드와 피켓을 들고 구호를 외치다 비를 피하는 장애인 단체 사람들이 눈에 들어왔다.

슥 지나치는데 어디에서 본 듯한 얼굴이 느껴졌다. 고개를 돌려 보니 포니테일로 머리를 묶은 여자애가 검고 큼직한 우산을 펼치고 있었다. 피켓에 적힌 문구가 눈에 들어왔다.

'장애인의 이동권과, 탈시설 권리를, 보장하라!'

그 애가 도희였다. 복지관 가족 프로그램과 비장애형제 모임에서 만난 적이 있어서 얼굴은 알고 있었다. 도희가 받쳐 든 우산 아래에는 뇌병변 장애가 있는 할아버지가 휠체어에 앉아 있었다. 멈칫거리는 나와 도희의 시선이 마주쳤다. 나를 알아본 도희는 얼굴 가득 웃음을 올리며 손을 흔들었다. 나는 어색하게 인사를 하고 앞서가는 아빠와 민아를 따라 지하철 계단으로 내려갔다. 그 뒤로 학교에서 마주칠 때마다 도희는 내게 손을 흔들거나 인사를 건넸다.

복도 끝에서 달려온 도희는 내 옆에 붙어 재잘거렸다.

"언니 저 보니까 막 반갑고 그렇죠? 어디 가요? 1층?"

"응. 특수학급에."

도희는 아, 하고는 옆에서 지켜본 것처럼 내 사정을 읊었다.

"민아 데리고 어디 가는 거구나. 맞죠? 활동 지원사님이 못 오신다고 했나 보다. 그렇죠?"

도희의 시원시원한 말을 듣는데 설핏 웃음이 났다. 이해를 바라며 내 사정을 설명하지 않아도 돼서 좋았다. 도희의 수다는 1층까지 이어졌다.

"민아가 우리 옆 반인데 애들이 진짜 잘해 준대요. 교실에서 귀여움 담당이라니까 걱정 딱 놔요. 제 동생은 특수학교 다니는데요, 거기가 진짜 멀어요. 아침마다 여행이라니까요."

나도 간간이 대꾸하며 호응해 주다가 멈춰 서서 도희의 얼굴을 바라보았다. 이 얘기 저 얘기 두서없이 주워섬기는 분위기가 할 말이 따로 있는 것 같았다.

"나 이제 민아 데리러 가. 하고 싶은 말이 뭐야?"

"세상에, 언니 신내림 받았어요? 진짜 족집게! 점쟁이! 예지자!"

연극하는 듯한 도희의 반응에 웃지 않을 수가 없었다.

"됐고. 얘기해 봐."

"다음에요."

"다음?"

"지금 언니 바쁘잖아요. 대단한 얘기는 아닌데 중요하기는 해서요."

뭔데 대체? 하는 생각이 들었지만 차근차근 다가오는 도희의 방식이 마음에 들었다. 나는 고개를 끄덕였다.

"알았어. 그럼 다음에."

"오케이! 다음에요!"

도희는 그렇게 말하고는 현관 쪽으로 뛰듯이 걸어갔다. 나는 다시 걸음을 옮겼다. 특수학급 앞에 도착한 나는 앞문에 난 유리창으로 안을 살펴보았다. 교사용 책상에는 희끗한 머리칼의 손미현 선생님이 가위로 뭔가를 오리고 있었고 열 개 정도 되는 학생용 책상에는 민아와 덩치 큰 남자애만 남아서 각자 핸드폰을 들여다보고 있었다.

문을 두드린 뒤 살그머니 열었다. 손미현 선생님에게 목례하고는 작은 소리로 "민아야." 하고 불렀다. 민아는 좋아라 하며 책상에 의자를 집어넣고 가방을 멨다.

손미현 선생님이 나를 맞이하며 말했다.

"윤아가 왔네? 활동 지원사님은?"

"오늘 못 오신대서 대신 왔어요."

"또?"

손미현 선생님은 가위를 내려놓고 나를 보았다. 나는 시선을 내리깔았다. 어쩐지 내 마음이 읽히는 것 같아서.

손미현 선생님이 민아를 향해 나지막한 목소리로 말했다.

"민아는 좋겠네. 오늘도 언니랑 가서."

민아는 싱글거리며 고개를 끄덕였다. 손미현 선생님이 말했다.

"민아 오늘 잘했다. 바리스타 수업도 아주 잘했고. 본 반에서는 뭐가 안 좋았는지 교실 들어오자마자 좀 울었지만."

민아는 답답하거나 불편한 상황을 견디기 힘들면 울음으로 자기 마음을 알렸다. 끝장을 보겠다는 것처럼 처절히 울기도 했다. 지난봄, 고등학교 1학년 전체 학생을 강당에 모아 놓고 건강검진을 했을 때도 대단했다. 피 검사 때문이었다.

민아는 힘차게 울며 채혈을 거부하다가 강당에 혼자 남아 간호사님들과 담임 선생님의 응원을 받으며 마지못해 피를 내주었다. 점심시간에 급식실에서 마주친 민아의 교복 앞섶은 눈물 콧물 자국으로 얼룩덜룩했다. 민아는 나를 보자마자 달려와 푹 안기며 알아들을 수 없는 소리로 자신이 얼마나 힘들고 괴로웠는지 하소연했다. 처음에는 놀랐으나 피를 빼앗긴 상황을 듣고 나서는 어째서인지 웃음이 났다.

교실에서 나가려는데 책상에 앉아 있는 남자애에게 눈길이 머물렀다. 못 보던 애였다. 내 시선을 알아차린 손미현 선생님이 말했다.

"2학년이야. 이름은 지오. 지난주 전학 왔어. 아주 살가운 친구야. 자폐성 장애가 있는데 마음 열면 말도 잘하고 뭐든 열심히 해. 민아와 잘 지낼 것 같다."

민아는 어서 가자는 듯 내 팔을 슬그머니 당겼다. 손미현 선생님은 손을 흔들어 민아에게 인사했다.

"민아, 오늘 아주 잘했어요. 잘 가요."

민아는 손미현 선생님의 손바닥에 자기 손을 마주치며 하이파이브를 했다. 의외의 인사였는지 손미현 선생님이 눈가에 주름을 만들며 웃었다.

민아를 데리고 교실을 나서는데 복도 왼편에서 누군가 오는 게 느껴졌다. 직감적으로 나는 뒤로 물러섰다.

필우였다. 중학교 3학년 겨울방학 때 헤어진 전 남자친구. 같은 고등학교를 다니게 될 줄은 몰랐는데 그렇게 되어 버렸다.

헤어지고도 친구처럼 지내는 애들도 있다는데 그런 대처는 내게는 불가능한 사회적 기술이었다. 그건 필우도 마찬가지여서 복도 모퉁이나 급식실에서 마주치면 우리는 곤혹스러운 얼굴로 서로 어쩔 줄 몰라 했다. 그런데도 필우가 다른 여자애들과 웃으며 이야기하는 걸 보면 나도 모르게 마음이 서걱거리곤 했는데 그건 그것대로 진흙탕 같은 기분이었다.

나는 민아에게 이쪽으로 들어오라고 손짓을 했다. 민아는 그 신호를 안아 달라는 말로 이해했는지 생글거리며 교실 안으로 들어와 내 허리를 두 팔로 두르고 몸을 바짝 붙였다. 나는 민아를 마주 안고 게걸음으로 교실 안쪽에 비켜서며 몸을 숨겼다. 의아한 표정으로 나를 쳐다보던 손미현 선생님은 문 쪽을 보며 말했다.

"필우, 어서 오렴."

여기로? 왜?

필우가 왔다는 말에 지오가 가방을 챙기며 일어섰다.

"지오야, 집에 가는 친구 왔다. 인사할까?"

지오가 굵은 목소리로 말했다.

"안녕?"

무슨 상황인지 알 것 같았다. 손미현 선생님은 봉사활동으로 하굣길 친구 프로그램을 운영했다. 장애 학생과 비장애 학생이 집에 가는 길을 함께하는 프로그램이었다. 필우는 지오의 하굣길 친구일 것이었다.

특수학급 교실로 필우가 들어왔다. 이제는 피할 길이 없었다. 나는 당당한 표정을 마음에 그리며 필우를 쳐다보았다. 나를 발견한 필우가 멈칫했다가 이내 지오 쪽으로 시선을 돌렸다.

나는 낮은 목소리로 민아를 재촉했다.

"늦겠어. 빨리 가자."

필우가 쭈뼛쭈뼛 나가는 길을 터 주었다. 뒤에서 손미현 선생님이 필우에게 묻는 소리가 들렸다.

"필우랑 윤아, 서로 아는 사이인가?"

"아, 네, 그……."

필우는 말끝을 흐렸다.

민아는 내게 끌려 오며 필우와 내 얼굴을 번갈아 보았다. 필우에게 알은체를 하고 싶어 하는 것 같았으나 나는 민아를 다시 한번 재촉했다. 필우도 불편할 테니 내가 시야에서 사라져 주는 게 좋을 것이었다. 등 뒤로 굳어 가는 필우의 얼굴이 보이는 듯했다.

특수학급 교실을 나와 운동장을 가로지르는데 민아가 내 손을 잡았다. 민아의 손에서 따듯함이 전해져 왔다.

필우와 헤어진 건 내 선택이었지만 그 뒤로 감당해야 했던 스산함은 예상했던 것보다 컸다. 헤어진 게 잘한 걸까. 되짚어 보면 힘들었던 것보다 좋았던 것이 더 많았다. 우리는 보는 사람이 없을 때면 함께 손을 잡고 걸었다. 같은 순간, 같은 선을 딛고 또 딛는 리듬을 나는 좋아했다. 그때는 적어도 지금처럼 혼자 힘든 기분을 느끼지 않았다. 화가 나거나 기분이 나쁘면 필우에게 다 털어놓을 수 있었다. 필우는 잘 들어 주는 애였다.

'그래. 그땐 좋았지.'

좋았으나 지나간 일이었다.

모든 연애의 결말

토요일 거리에는 평소보다 정치 슬로건을 내건 플래카드가 많았다. 한 달 뒤에 있을 구청장 보궐선거 때문이었다. 구청장이 심각한 병으로 더 이상 일을 할 수 없게 되어 선거를 다시 치른다고 했다. 나와 민아는 플래카드가 걸린 거리를 지나 도심 속 주거지에 자리 잡은 복지관으로 올라갔다.

오늘 프란치스코 복지관에서 토요일 특별 프로그램으로 미술 활동을 한다고 했다. 아빠는 오전에 학원 보강이 있다며 내게 민아를 부탁했다.

"병원 다녀오는 바람에 수업을 못 했거든."

꺼칠한 안색으로 변명하듯이 말하는 아빠에게 싫은 내색을 할수는 없었다. 어제 아빠는 활동 지원사님에게 새로운 분을 알아보겠다고 메시지를 보냈다. 돌아온 회신은 '네……'였다. 새로운 활동 지원사를 구하기 전까지 민아를 맡아 주어야 하나 이번 활동 지원사님에게는 기대할 수 없는 책임감이었다.

프란치스코 복지관에 도착하자 민아는 현관 앞에서 나를 향해 배에 손을 모으고 허리를 숙여 인사했다. 다녀오겠습니다, 하고 말하는 것처럼. 아마도 활동 지원사님이 들인 습관일 터였다.

"나한테는 그렇게 인사 안 해도 된다니까."

내 말을 자신이 틀렸다는 의미로 받아들인 것일까. 민아는 답답하다는 듯 꿍얼거렸다. 그 모습에 웃음이 나기도 했지만 안타까움도 함께였다.

"민아야, 내가 누구?"

민아는 한숨을 폭 내쉬고는 인상을 쓰며 뺨을 토독 두드렸다. 나는 또박또박 말해 주었다.

"언니. 언니. 윤아 언니."

민아는 그대로 돌아서서 복지관 안으로 들어가 버렸다. 헐, 또 당했네. 냉정하기 이를 데 없는 민아의 태도에 어이가 없었다.

내가 따라 들어갈 필요는 없었다. 민아에게 프란치스코 복지관은 집처럼 익숙한 곳이었다. 민아는 당당히 현관을 통과한 뒤 엘리베이터 버튼을 눌렀고 다른 사람들과 섞여 위로 올라갔다.

이제 민아가 두 시간짜리 프로그램을 마치고 나올 때까지 기다리며 공부를 해야 했다. 적당한 카페를 찾아다니다 걸음을 멈춘 곳은 '봄볕'. 한때 아빠의 연인이었던 연희 아줌마가 운영하는 카페였다.

봄볕은 테이블이 열 개 정도 되는 카페로 인테리어가 깔끔하고 커피가 맛있었다. 연희 아줌마는 과테말라나 콜롬비아, 케냐의 커피 농장을 방문하기도 하고 바리스타 대회 심사를 보기도 했다. 토요일이면 커피 마니아들을 모아 커핑을 했다. 손님 응대도 편안해서 단골이 제법 있었다.

카페 안에는 혼자 책을 보는 사람, 혼자 노트북 자판을 두드리는 사람, 연인으로 보이는 젊은 남녀 한 쌍이 있었다. 연희 아줌마는 긴 머리를 하나로 묶고 직원과 이야기를 나누고 있었다. 연희 아줌마가 나를 봐 줬으면 싶기도 하고, 보지 않았으면 싶기도 했다.

아빠와 연희 아줌마가 연인이었던 시절에는 학원 수업을 마치면 필우와 함께 봄볕에 들르곤 했다.

필우를 처음 데리고 온 날, 아줌마는 카운터 앞에 선 나와 필우를 번갈아 보며 의미심장한 눈빛을 건넸다. 나는 처음 온 사람인 척 음료를 주문했다.

"여기에서 제일 비싼 걸로 주세요."

연희 아줌마는 무덤덤한 얼굴로 대꾸했다.

"손님, 키오스크 보이시죠? 거기에서 주문해 주시면 감사하겠습니다."

"키오스크에는 '여기에서 제일 비싼 거'라는 메뉴가 없는걸요?"

아줌마는 카운터를 양팔로 짚고 골똘히 생각하다가 말했다.

"그렇다면 고구마라테와 함께 저희 카페 대표 디저트 메뉴인 딸기케이크를 드리면 어떻겠습니까?"

"조합이 제 취향이 아니네요."

"애플민트티와 딸기케이크는?"

"나쁘지 않아요. 제 남자친구도 애플민트티 좋아하거든요."

"어이쿠, 진심으로 감사드립니다. 이번에도 외상인가요?"

아슬아슬한 대화가 흐르는 동안 필우는 나와 연희 아줌마를 번갈아 보며 어쩔 줄 몰라 했다. 우리는 그런 필우를 보며 웃음을 참았다.

중학교 3학년이 되면서 시작했던 필우와의 연애는 1년을 채우지 못했다. 먼저 좋아한 것은 나였고 먼저 다가선 것도 나였다. 눈치가 한참 모자란 필우를 기다리다 못해 고백한 것도 나였다. 필우와 사귀기로 한 날, 나는 아빠를 식탁으로 불러내어 나의 첫 연애가 시작되었음을 알렸다.

식탁 맞은편에 앉아 얼떨떨한 표정으로 이야기를 듣던 아빠는 "그렇게 우리가 연애를 시작한 거야."라는 내 말에 두 손으로 얼굴을 덮고 쿡, 하고 웃음을 터트렸다.

"연애를? 우리 팅커벨이 연애?"

"놀리지 말라고!"

내 얼굴은 홧홧하게 달아올랐다. 소리 죽여 큭큭거리던 아빠는 축하를 건네며 말했다.

"다 좋은데 이거 하나는 잊지 마."

"뭔데요?"

부루퉁한 내 대구에 아빠는 쌉싸름한 미소를 띠며 식탁을 손가락으로 톡, 톡 두드렸다.

"모든 연애의 끝은 폐허라는 거."

"뭐야 진짜. 저주야?"

아빠는 눈을 가늘게 뜨고 차분히 말을 이었다.

"폐허를 마주하게 된다고 할지라도 기회가 오면 해 봐야 해."

늦게까지 같이 있지 말라거나 성적 떨어지면 안 된다거나 신체 접촉을 조심하라는 식의 이야기였다면 "네네, 알겠습니다." 했겠으나 아빠의 말은 예상과 달랐다. 경험에서 나온 말이 분명한 아빠의 조언은 마음에 문장으로 남았다.

우리는 백 일 기념으로 반지 공방에 가서 커플링을 맞췄고 함께 자전거를 타고 강변을 달렸으며 내가 좋아하는 인디 밴드의 공연을 보러 가기도 했다. 별것 아닌 이야기로 새벽까지 통화를 이어 가기도 했다.

우리의 애정이 넘칠 것처럼 찰랑거리거나 우리가 서로 다르다는 것을 알아차릴 때마다 아빠의 말을 떠올리곤 했다. 언젠가는 흩어져 사라질 감정. 그 생각을 품고 필우와 함께하면 당장의 기쁨이 더 애틋해졌다. 필우와 함께하는 시간이 아쉽도록 아까웠다. 그리고 아빠의 말은 맞았다. 나는 1년을 채우지 못하고 연애의 끝을 확인했다.

필우를 처음 만난 건 초등학교 6학년 때였다. 2학기 초 우리 반으로 전학 온 아이였는데 어딘지 모르게 튀는 구석이 있었다. 가무잡잡한 얼굴에 도드라지게 진한 눈썹과 우뚝한 콧날이 인상적이었다.

필우는 적당히 섞일 줄 아는 아이였다. 수다스러운 애는 아니었지만 움츠리지도 않았다. 축구를 잘했고 공부도 제법 하는 편이었다. 나는 필우의 모든 게 좋았다. 경상도 억양이 섞인 말투도, 축구 골망을 흔드는 슛을 성공시키고도 머쓱해하는 수줍은 얼굴도, 도서관에서 책에 시선을 두고 고요히 앉아 있는 모습도 다 좋았다.

필우에게 고백할 생각은 하지 않았다. 그때만 해도 나는 그늘지고 조용했으며 소심한 아이였다. 친구에게서 기분 나쁜 소리를 들어도 대꾸 한 번 하지 못하고 집에 와서 혼자 끙끙 앓았다. 게다가 필우네 집과 우리 집은 너무 멀어서 졸업한 뒤에는 다른 중학교로 배정될 가능성이 높았다.

겨울방학식은 크리스마스이브였다. 나는 우리 반 스물다섯 명 모두에게 크리스마스카드를 썼다. 이유는 단순했다. 내 마음을 들키지 않고 필우에게 크리스마스카드를 주고 싶었다. 모두의 크리스마스카드에 쓴 문구는 세 문장으로 간결했다.

'메리 크리스마스! 1년 동안 함께해서 좋았어. 중학교 가서도 행복하게 잘 지내자.'

필우의 카드에도 같은 문구를 적었다. 다른 게 있다면 마음을 꽉꽉 눌러 담아 썼다는 것. 그리고 딱 한 줄을 더 써넣었다는 것.

필우를 다시 만난 건 중학교 2학년 겨울방학 때 열린 중창 경연 대회에서였다. 필우네 학교 중창단은 〈You Raise Me Up〉을 불렀고 우리는 러브홀릭스의 〈Butterfly〉를 불렀다. 여섯 개 학교가 참가한 중창 대회에서 우리 학교와 필우네 학교는 사이좋게 입상조차 하지 못했다.

눈이 온 세상을 덮을 기세로 내리던 늦은 저녁이었다. 대회가 끝나고 우리는 근처 중국 음식점에 갔는데 필우네 학교도 그 중국 음식점으로 들어왔다. 짜장면이라면 꿈속에서도 두 그릇을 비우던 나였지만 그날은 반질거리는 탕수육만 집어 먹으며 필우네 테이블에 눈길을 주었다. 필우도 옆 친구와 이야기를 나누다가 고개를 돌려 나를 바라보곤 했다. 필우의 눈빛에 섞인 설렘을 알아차린 나는 정신이 혼미해졌다. 탕수육을 씹고 씹으며 나는 결심했다. 아주 잠깐만 미친 사람이 되어 보자고.

저녁을 먹고 나오다가 식당 옆 주차장에서 필우네 중창단과 마주친 건 놓쳐서는 안 될 운명의 신호였다. 나는 필우에게 다가가 마주 섰다.

"나 알지?"

필우는 고개를 끄덕였다. 나는 핸드폰을 내밀며 말했다.

"찍어 줘."

주변에 있던 필우네 학교 애들이 오오, 하는 소리를 내며 키득거렸다. 움츠러든 나는 작은 소리로 덧붙였다.

"싫으면 말고."

필우는 내 핸드폰에 자기 번호를 입력한 뒤 돌려주었다. 나는 통화 버튼을 눌러 내 번호를 보냈다. 그러고는 발끝에 힘을 주고 속삭이듯 말했다.

"연락 안 하면 가만 안 둘 거야."

제대로 미친 소리였다. 나는 우리 중창단에 합류한 뒤 탈출하듯 버스에 올랐고 집에 돌아와 침대로 직행했다. 발로 이불을 걷어차고 베개를 쥐어뜯으며 으아악, 소리를 질렀다. 미쳐, 미쳐, 내가 미쳐, 뇌까리며 오글거리는 내 대사와 행동을 얼마 전 연재가 끝난 웹툰 탓으로 돌렸다. 핸드폰을 열어 웹툰 앱을 지우려는데 필우가 보낸 메시지가 떴다. 나도 모르게 으악! 소리를 지르며 핸드폰을 내던져 버렸다.

퉁탕, 소리를 내며 벽에 부딪힌 핸드폰은 다행히도 멀쩡했다. 나는 다시 침대에 앉아 핸드폰을 가슴에 대고 호흡을 가다듬은 뒤 필우의 메시지를 확인했다.

—네가 앞으로도 아프지 않고 행복하면 좋겠어.

온 세상이 불꽃으로 뒤덮이는 듯했다. 그건 내가 6학년 크리스마스 때 필우의 카드에만 한 줄 더 적어 넣었던 문장이었다.

우리는 친구로 다시 만났고 곧 연애로 접어들었다. 같은 학원에 등록해서 매일 만났다. 보고 있어도 보고 싶었다. 집에 돌아오면 어서 내일이 왔으면 했다. 어딘가에서 본 연애 장면을 흉내 내는 느낌이 들기도 했지만 그렇고 그런 연애 공식들과 상투적인 대사들은 조금씩 감정이 쌓일수록 우리만의 언어와 약속과 신호로 거듭났다.

필우의 엄마는 카자흐스탄 사람이었다. 아빠는 시골의 꽤 넓은 과수원에서 사과 농사와 양봉을 함께 했다. 필우의 엄마는 외국인 농업 연수 제도를 통해 20년 전 한국에 왔는데 같이 일하던 아빠의 청혼을 받고 결혼해서 필우를 낳았다. 필우는 어린 시절 영특한 구석이 적잖았다고 했다. 영어 단어를 유창한 발음으로 말하고 구구단을 일찍 외운 정도였지만 필우 아빠는 그동안 모은 돈에 과수원 일부를 팔아 필우와 엄마를 도시로 보냈다.

나는 밝고 씩씩한 필우 엄마가 좋았다. 이따금 필우네 집에 가서 셋이 저녁을 먹거나 함께 영화를 보러 가기도 했다. 필우 엄마와 함께 있으면 가슴이 아릿해지곤 했는데 그 느낌이 나는 서글프면서도 좋았다.

행복했던 우리의 시간이 아빠가 말한 폐허에 도달하게 된 건 어떤 면에서는 서서히였고 어떤 면에서는 급작스러웠다. 누군가 마음이 소홀해지거나 헤어질 수밖에 없는 외부의 사정이 생긴 건 아니었다. 당시의 나는 필우에게 자주 틱틱거렸고 대놓고 한숨을 쉬었다. 일부러 전화를 받지 않았고 메시지에 제때 답장하지 않았다. 왜 그러느냐고 필우가 물으면 그냥, 이라고 답했다. 그렇게 한 달을 보내고 나자 필우도 넌더리를 냈다.

어느 눈 오는 밤, 전철역 앞 길거리에서 우리는 다퉜다. 그날 필우는 눌러뒀던 감정을 거침없이 드러냈다.

"계속 이럴 거야? 혹시 너, 나한테 화풀이 같은 거 하는 거야? 나한테 이렇게 막 해도 되는 거야?"

아니. 너한테 내가 그러면 안 되는데, 나도 나를 주체할 수가 없어. 그런 말이 진심에 가까웠으나 내 입에서 튀어나온 말은 야멸찼다.

"왜? 지겹니?"

필우는 허탈한 소리를 터트리며 두 손으로 머리칼을 뒤로 쓸어 넘겼다. 나는 매듭짓듯 말을 뱉었다.

"끝이라는 느낌, 확실하지?"

우발적인 말이었다. 주워 담으려면 할 수 있었다. 미안하다고, 조금 전 말 취소라고 말할 수도 있었다. 그랬다면 필우는 사과를 받아 주었을 것이다. 그러나 나는 하지 않았다. 결국 헤어지는 순간에 이르렀는데 같은 과정을 또다시 반복하여 같은 결론을 마주하고 싶지 않았다.

누가 먼저 돌아섰는지는 기억나지 않았다. 집으로 돌아온 나는 소리 죽여 울고 또 울었다. 옆방에서 흥얼거리는 민아의 노랫소리를 들으면서.

아빠와 연희 아줌마도 서로를 사랑했다. 날이 쌀쌀했던 어느 토요일, 아빠는 프란치스코 복지관에 민아를 들여보내 놓고 연희 아줌마의 카페에 들어가 책을 보았다. 그러다 연희 아줌마와 이야기를 섞게 됐고 연희 아줌마가 커피 시음회에 아빠를 초대했고…… 그곳에서 둘이 이른바 '눈이 맞았다.'는 것이다.

중학교 3학년 여름방학 때였다. 주방에서 물을 따라 마시는데 식탁에 올려 두었던 아빠의 핸드폰 벨이 울렸다. 무심결에 시선이 닿은 핸드폰 화면에는 '연희'라는 발신인 이름이 떠 있었다.

나는 큰 소리로 안방에 있던 아빠에게 물었다.

"아빠, 연희가 누구야? 이름 뒤에 하트도 있는데?"

아빠는 안방에서 후다닥거리며 뛰어나왔고, 잔뜩 죽인 목소리로 전화를 받으며 쿵 소리가 나도록 안방 문을 닫았다. 그날 저녁, 나는 아빠를 식탁 의자에 앉혔다. 아빠는 시치미 떼며 내 시선을 피했지만 나는 팔짱을 끼고 아빠에게 직구를 던졌다.

"연애해?"

아빠는 흠, 하고 헛기침을 한 뒤 기죽은 목소리로 말했다.

"할 수도 있고 그런 거 아니겠니."

"누구야?"

"여자."

"나이는?"

"어려."

"몇 살?"

"네 살."

"언제부터?"

아빠는 흠흠, 하고는 대답했다.

"좀 됐어. 3개월쯤?"

"배신자."

내 말에 아빠가 찔린 것처럼 움츠리며 내 안색을 살폈다. 나는 쏘아붙이듯 말을 이었다.

"난 시작하자마자 아빠한테 얘기했거든?"

아빠는 아, 하는 소리를 내며 눈을 껌벅이다가 말했다.

"미안해."

나는 쓰읍, 하는 소리를 내며 아빠처럼 식탁을 손가락으로 톡톡 치고는 질문을 이어 갔다.

"가정 있는 사람은 아니지?"

"얘가 못 하는 소리가 없어."

아빠는 잠시 목소리를 높여 보았지만 노려보는 내 눈길에 바로 꼬리를 내렸다.

"이혼했어."

"애들은?"

"한 명. 유학 갔대. 호주에 있는 무슨 대학이라는데."

"그쪽 아저씨는?"

"어…… 한국 어디 산대. 주식 쪽 일한다고 그러더라."

내가 다음 질문을 떠올리지 못해 머뭇거리자 아빠는 일방적으로 밀리는 분위기를 만회하겠다는 듯 어정쩡하게 목소리를 높였다.

"네가 뭐 판사야? 검사니? 아빠 나이 이제 마흔일곱이야. 이게 뭐, 너한테 허락이라도 받아야 하는 문제는 아니지 않니?"

나는 식탁에 양 팔꿈치를 괴고 두 손으로 얼굴을 덮었다.

"가끔 보면 아빠는 좀 철이 없어."

"사람 마음은 계속 철이 없는 거야. 죽는 그날까지 쭉."

아빠는 손으로 수평선을 그으며 다시 한번 길게 말했다. 쭈우우욱.

"말이나 못 하면."

"그건 아빠가 딸한테 할 말이겠지? 안 그러니, 딸내미?"

"네네. 알겠습니다. 좋으시겠습니다."

그렇게 나는 아빠와 연희 아줌마의 연애를 일단 받아들였다. 아빠 앞에서는 퉁명스럽게 굴었으나 나는 아빠가 사랑을 시작한 것이 좋았다. 엄마 생각을 하지 않을 수 없었지만 아빠의 삶에 사랑의 기쁨이 찾아든 것이 좋았다. 공익신고를 한 뒤로 힘들어하던 아빠의 얼굴에 생기가 돌았던 게 연희 아줌마 덕분이었던 것 같아서 고맙기도 했다.

지금 아빠 곁에 연희 아줌마는 없다. 지난겨울, 아빠는 나를 식탁으로 불러낸 뒤, 말했다.

"헤어지기로 했다."

아빠의 목소리는 담담했다. 왜냐고 묻는 내게 아빠는 짧게 대답했다.

"그 사람한테 짐이 되고 싶지 않아."

아빠와 함께하는 삶에서 아줌마가 감당해야 할 짐이 무엇일지 짐작하는 건 어렵지 않았다. 아빠의 병과 대출 이자를 감당하지 못해 더 작은 집으로 이사해야 하는 형편, 그리고 무엇보다도 민아. 어쩌면 곧 대학에 진학하게 될 나까지. 미안하기 싫어서 곁을 준 사람을 멀리하고 자존심을 지키는 아빠의 결정은 현명한 걸까. 나는 아무 말도 하지 못했다. 이미 결정된 일을 두고 아빠의 마음을 어지럽힐 수는 없었다. 필우에게 삐딱한 자존심을 내세우며 진심을 내비치지 않았던 내 모습이 아빠를 닮았던 건가 생각하기도 했다.

민아의 방에서 코 고는 소리가 나지막이 들렸다. 아빠는 민아가 닦아 놓은 식탁을 손으로 매만지며 중얼거렸다.

"잘도 자네."

아빠는 민아의 언니인 내가 느끼는 막연한 중압감을 어떻게 이해하고 있을까. 아빠와 나의 폐허가 닮은 건 아마도 민아 때문일지도 모른다고, 나는 그렇게 생각하고 있었다. 아빠의 사정이 더 복잡하다는 걸 알면서도 굳이.

연희 아줌마는 나를 끝내 보지 못했다. 문을 열고 들어갈 수도 없었다. 아빠와의 관계가 끝난 이상 아줌마는 내가 함부로 다가설 수 있는 사람이 아니었다. 나는 봄볕에서 걸음을 돌려 다시 복지관 쪽으로 올라갔다. 카페는 복지관 안에도 있었으나 가고 싶은 곳은 아니었다.

지금은 그곳에 들어가 버리고 싶었다. 프란치스코 복지관 현관의 자동문이 양옆으로 갈라지면서 익숙한 풍경이 눈에 들어왔다. 적잖은 사람들이 복지관 지하 1층으로 걸어가고 있었다. 복지관을 관리하는 사람들과 복지관 이용자들은 옷 색깔이 다르고 표정이 달랐다. 지하 1층으로 이어지는 경사로에서 음식 냄새가 풍겼다.

여기가 민아의 세계였다. 고맙지만 내키지 않는 이곳이 아빠와 나의 일부였다. 아빠와 헤어지면서 연희 아줌마는 어땠을까. 아프면서도 후련했을까? 미안하면서도 안도했을까? 어쩌면 아줌마는 내심 아빠가 알아서 떠나 주기를 바랐을지도 몰랐다.

남의 마음을 넘겨짚는 상상은 늘 그렇듯 내 자괴감이 파 놓은 골을 따라 마음 깊이 상처를 내고 만다. 상처가 될 상상이라는 걸 알면서도 후벼 파는 짓을 멈출 수가 없었다. 누군들 이 세계에 들어오고 싶어 할까. 연희 아줌마에게는 잘된 일일지도 모른다. 우리의 세계 바깥에서 안온해진 것이.

저마다 다른 밝은 얼굴들

학원 진도를 쫓아가지 못하는 날이 늘어나서 점점 초조해졌다. 아빠는 수업 때문에 민아를 챙길 수 없었고, 복지관에서도 장애인 활동 지원사 면접을 보러 오라는 연락이 없었다. 오늘도 나는 민아를 데리고 프란치스코 복지관에 가야 했다.

수업이 끝나고 반 친구들과 함께 1층으로 내려온 나는 손을 흔들어 인사했다.

"나는 또 이쪽. 내일 봐."

친구들은 알고 있다는 듯 파이팅! 아자! 하는 응원의 말로 나를 보내 주었다. 고맙긴 했으나 응원을 받는 처지가 달갑지는 않았다. 운동장을 가로지르는 친구들의 웃음소리가 마음 한 귀퉁이를 끌어 내리는 듯했다. 나는 가만히 서서 내가 딛고 있는 곳 너머의 친구들을 쳐다보다가 가야 할 곳으로 시선을 옮겼다. 복도는 외롭도록 한산했다.

걸음을 내디디며 중얼거렸다.

"최선을 다해 좋은 쪽으로."

소리까지 내어 읊은 말이었으나 전처럼 마음이 꿋꿋해지지는 않았다. 그동안 넉넉한 마음으로 민아를 대할 수 있었던 건 아빠와 활동 지원사님이 민아를 맡아 주었기 때문이라는 걸, 나는 민아와 매일의 시간을 보내며 실감했다. 민아와의 거리가 가까워지고 함께하는 시간이 늘어나자 스트레스가 쌓였고 불편한 상황을 겪는 일도 자주 생겼다.

민아는 지하철에 타면 자리에 앉고 싶어서 안달복달했다. 멀리에라도 빈자리가 생기면 후다닥 달려가 털썩 앉았고 놀란 사람들은 허리를 세우고 주위를 두리번거렸다. 길거리에서 닥스훈트를 마주치는 것도 문제였다. 민아는 좋아서 어쩔 줄 몰라 하다가 갑작스레 다가가 손을 뻗어 만지려 들곤 했는데 그 부위가 하필이면 눈이었다. 한 번은 자기를 공격하는 것으로 착각한 닥스훈트가 민아를 물려고 했던 적도 있었다.

민아가 어떤 아인지 알아차릴 때마다 사람들은 딱하다는 표정으로 곁에 있는 나를 쳐다보곤 했다. 이해한다는 듯한 그들의 시선은 의도와 달리 나를 위축시켰다. 그나마 동정하는 건 나았다. 전철에서 민아가 옆에 앉으면 대놓고 기분 나쁜 티를 내며 일어나는 사람도 있었으니까. 며칠 전 한 남자가 일어서면서 내뱉은 말은 "재수 없게 진짜."였다.

고작 열흘 남짓한 날의 오후와 저녁 시간을 민아와 함께했을 뿐인데 지글거리는 감정이 켜켜이 쌓여 갔다. 스트레스를 푼다는 이유로 짤막한 영상물에 눈을 박는 시간이 늘었고 그것은 그것대로 죄책감이 되어 돌아왔다.

"싫어! 안 해! 싫어! 안 해!"

복도 모퉁이를 도는데 특수학급 교실 쪽에서 짧게 반복되는 외침이 크게 들렸다. 남자 목소리였다. 쿵쾅거리는 소리와 남자 어른의 위압적인 외마디 소리도 들렸다.

나는 뛰듯이 특수학급 교실에 갔다. 다행히 민아는 손미현 선생님 품에 안겨 있었다. 실무사님도 교실 문밖에 나와 있었다. 특수학급 교실에서는 고함 소리와 다그치는 소리, 책상이 넘어지고 부딪히는 소리가 연이어 들렸다. 민아는 나를 보자마자 안겨 왔다. 민아의 등을 쓸며 교실을 들여다보았다.

교실 안은 아수라장이었다. 십여 개의 책걸상 중 제자리에 있는 건 몇 개 되지 않았다. 사회복무요원과 남자 체육 선생님이 지오의 팔다리를 교실 바닥에 잡아 누르며 "가만히! 그만!" 하고 소리치고 있었다. 덩치가 우람한 지오가 격하게 몸부림칠 때마다 두 남자 어른의 몸이 위태롭게 기우뚱거렸다.

무슨 일이냐는 내 물음에 손미현 선생님이 대답했다.

"체육 시간에 지시를 안 따랐다는데 선생님들 대처가 미숙했던 것 같아."

손미현 선생님은 나를 보며 말했다.

"혹시 머리끈 있니?"

나는 주머니에서 머리끈을 꺼내어 선생님에게 건넸다. 손미현 선생님은 희끗한 머리칼을 뒤로 단단히 동여매고 문을 열었다.

"두 분, 나오세요."

교실에서 무슨 대답이 돌아오기는 했으나 흐느끼는 소리와 고함 소리가 섞여 알아들을 수가 없었다. 손미현 선생님은 허리춤에 두 손을 올리고 참는 듯한 목소리로 말했다.

"두 분 다 지금 적절하지 않으니까, 걔 딱 놓고 어서 나와 주세요."

사회복무요원과 체육 선생님이 어찌할 바를 몰라 하며 밖으로 나왔다. 손미현 선생님은 교실로 들어간 뒤 탁, 소리가 나도록 문을 닫았다. 문에 난 창을 가림막으로 가리고 복도 쪽 창문의 커튼도 닫아 버렸다.

닫힌 문 너머에서 쿵쾅거리는 소리와 슬픈 고함 소리가 울렸다. 발악하듯 내지르는 소리 사이사이로 타이르는 듯한 선생님의 목소리가 들렸다. 내가 알아들은 선생님의 말은 미안하다는 말, 고생 많다는 말, 또다시 미안하다는 말, 너무 힘들었을 거라는 말이었다. 선생님의 말이 이어질수록 지오의 목소리가 서서히 잦아들더니 이윽고 대화를 나누는 듯한 소리가 들렸다. 그때, 맞은편 복도에서 걸어오는 필우가 눈에 들어왔다.

심상치 않은 분위기를 감지한 필우는 걱정스러운 얼굴로 실무사님에게 물었다.

"무슨 일이에요? 지오는요?"

실무사님이 필우에게 상황을 설명했다. 오늘은 하굣길 동행이 어려울 것 같다며 먼저 가는 게 좋겠다고 했다. 필우는 아, 하고 고개를 끄덕였을 뿐 가지는 않았다. 나도 문 앞에 서서 상황이 정리되기를 기다렸다. 큰일이 벌어졌는데 나와 민아만 빠져나가는 건 예의가 아닌 듯했다.

닫혔던 문이 열리고 손미현 선생님이 나왔다. 선생님은 내 뒤에 있던 사회복무요원과 체육 선생님에게 괜한 자극이 될 수 있으니 자리를 피해 달라고 했다. 사회복무요원과 체육 선생님은 연거푸 죄송하다고 말한 뒤 교무실 쪽으로 갔다.

필우가 물었다.

"괜찮으세요?"

손미현 선생님이 이마에 배어 난 땀을 손등으로 닦으며 말했다.

"아마 지오가 운동장에서 부정적인 자극을 받았나 봐. 안 그래도 하루 종일 못 알아듣는 수업 듣고 앉아 있느라 괴로웠을 텐데. 우리 사회복무요원이 마음에 안 들었을 수도 있고 체육 선생님이 무슨 실수를 했을 수도 있어. 자세한 건 두 분께 물어봐야겠지만."

손미현 선생님은 잠시 호흡을 가다듬고는 우리를 둘러보며 말했다.

"시간 되면 교실 정리 같이 할까?"

우리는 즉각 움직였다. 넘어진 의자와 책상을 세워 제자리에 옮기고 바닥에 흩어진 필기구와 미술 도구를 정리했다. 민아가 나를 따라 책상 줄을 맞추자 창가에 있던 지오도 쓰러진 의자를 바로 세워 제자리에 놓았다. 손미현 선생님은 빙긋 웃으며 "잘한다! 우리 지오!" 하고 추어올렸고 지오는 부끄럽다는 듯 미소 지었다.

정리가 끝난 뒤 나는 민아의 손을 잡고 손미현 선생님과 실무사님에게 고개 숙여 인사했다. 필우가 말했다.

"지오, 데려다줄게요."

손미현 선생님이 말했다.

"고맙긴 한데, 오늘은 선생님이 할게."

"괜찮아요. 제가 해도 될 것 같은데."

필우는 장난기 어린 표정을 지으며 '할 수 있습니다!' 하고 말하듯 말아 쥔 주먹을 들어 보였다. 선생님은 옅게 웃으며 말했다.

"그러면 선생님이랑 같이 가자."

필우는 가방을 메는 지오에게 다가가 "갈까?" 하고 말을 걸었다. 지오가 말했다.

"집에 가서 김밥을 먹을 거야."

뒤에 있던 실무사님이 물었다.

"김밥? 갑자기 무슨 김밥?"

필우가 대답했다.

"지오네 부모님이 김밥집 하신대요."

손미현 선생님이 양 입꼬리를 올리며 필우에게 물었다.

"그걸 어떻게 알았지?"

필우가 어깨를 으쓱했다.

"지오가 얘기해 줬어요."

실무사님이 "세상에!" 하며 동의를 구하듯 손미현 선생님에게 말했다.

"지오가 자기 얘기를 했으면 그건 특별한 거잖아요. 그렇죠? 대단한 건데!"

필우는 머쓱해진 얼굴을 손으로 매만지며 시선을 내렸다. 우쭐해진 자신이 민망할 때 보이는 몸짓이었다. 초등학생 시절부터 내가 좋아했던 모습이었다. 얼른 자리를 떠야 했다.

나는 민아와 함께 인사를 하고 운동장으로 향했다. 필우의 눈길이 내 뺨에 닿는 듯했으나 모른 척했다.

정문 밖 버스 정류장으로 향하는데 뒤에서 나를 부르는 소리가 들렸다.

"언니!"

맑고 깨끗한 '솔' 정도의 음성. 나를 부른 사람이 누구인지 돌아볼 것도 없었다. 도희는 민아에게 "안녕?" 하고 인사했고 민아는 어색하게 손을 흔들고 고개를 돌려 가야 할 곳을 바라보았다. 도희는 "미안. 언니랑 빨리 얘기할게." 한 뒤 내게 말했다.

"언니, 내일 오후에 시간 있어요? 시간 있으면 저랑 어디 같이 가면 안 돼요?"

내일은 토요일이었다. 예전에는 토요일에도 종일 학원에 있었으나 지난달부터는 학원 일정을 줄이고 혼자 공부하는 시간을 늘렸다.

"특별한 건 없어. 왜?"

도희의 눈썹이 반달 모양으로 휘었다.

도희는 가방에서 전단을 한 장 꺼내 건넸다. 전단의 맨 위에는 '학교는 포기 못 합니다!'라는 문구가 굵은 검은색 글씨로 인쇄되어 있었다. 그 아래로는 다음과 같은 문장이 있었다.

지체 장애가 있는 우리 아이도 학교에 다니고 싶습니다.

세상을 배우고 누리며 성장하고 싶습니다.

좋은 나라라면 특수학교는 당연합니다.

그 뒤로 설명 글이 이어졌다. 근처에 지체 장애 학생들을 가르치는 특수학교가 없어서 한 시간 반이나 스쿨버스를 타고 나가야 한다고 했다. 특수학교 설립 계획은 13년 전에 세워졌는데 매번 주민들의 반대에 부딪혀 공사를 시작도 못 했다고 했다.

전단에 그려진 특수학교 설립 예정지는 시내 전철역 근처였다. 특수학교 부지 앞에는 8차선 도로가 있었고 그 맞은편에는 대규모 아파트 단지가 있었다.

도희가 아파트 부분을 손가락으로 톡톡 치며 말했다.

"특수학교 못 들어오게 하려고 이 아파트 주민들이 난리래요."

전에도 같은 일이 있었다. 특수학교가 들어설 예정이라고 발표가 나자 주민들이 들고 일어나 특수학교 대신 병원이나 종합문화센터가 들어오게 해 달라며 시위를 했다.

초등학교 2학년이었던 내게 그 일은 묘한 충격이었다. 장애 학생 가족들이 무릎을 꿇은 뉴스 장면은 지금도 생생했다.

"내일 저랑 여기 같이 가지 않을래요? 멀지 않아요."

"특수학교 찬성 집회?"

"우리도 가만히 있을 수 없잖아요. 내일 4시에 구청 근처에서 특수학교 반대 집회가 열린대요. 호락호락하지 않다는 걸 보여 줘야죠."

도희는 결연한 표정을 지으며 움켜쥔 주먹을 들어 보였다.

"너 정말 대단하다."

"대단은 무슨요. 우리 집이랑 이 문제는 직결되어 있어서 아주 속이 타요."

명랑한 목소리 뒤로 씁쓸한 기운이 감돌았다. 도희의 남동생이 떠올랐다. 도희의 동생 리호는 중증 뇌병변 장애로 다른 사람의 도움 없이는 일상생활이 불가능했다. 뇌병변은 현상 유지가 최선이라고 들었다. 민아가 혼자서 해낼 수 있는 당연한 모든 것이 리호에게는 꿈같은 일이었다.

"리호가 학교 가려면 새벽 5시 반에는 일어나야 해요. 4학년 애가 그게 쉽냐고요. 씻고 옷 입고 밥 먹는 거 하나하나가 다 일이거든요. 특수학교 등교 시간이 9시인데 스쿨버스 타려면 집에서 7시에 나가야 해요. 저야 제 방에서 자니까 상관없지만 엄마랑 아빠는 진짜 힘들어요. 하지만 여기 동진구에 특수학교가 생기면 엄마 아빠도 7시까지 잘 수 있는 거예요. 진짜 끝내주죠?"

나는 착잡한 마음을 누르며 도희의 말을 들었다.

"안 그래도 화딱지 나는 일이 한둘이 아닌데 거기 가서 확 소리라도 질러 버리려고요. 맘 놓고 샤우팅!"

도희는 "소리 질러 예에." 하며 건들거려 나를 웃겼다. 옆에 있
던 민아가 편안히 낮은 소리로 웅얼거렸다. 도희가 마음에 든다
는 느낌의 소리였다.

나는 도희가 준 전단을 만지작거렸다. 집회장에는 가 본 적이
없었다. 마침 그 앞을 지나가던 누군가가 나를 알아보기라도 하
면 민망할 것 같았다. 내가 주저하는 기색을 비치자 도희가 가
볍게 말했다.

"그냥 생각 한번 해 보라고요. 부담 갖지는 말고요. 잠깐 들렀
다가 가도 괜찮아요."

괜한 기대를 하게 만드는 것보다는 입장을 분명히 밝히는 게
좋을 것 같았다.

"미안."

도희는 실망한 기색을 감추지 않았지만 곧바로 얼굴을 밝게
고쳤다.

"괜찮아요. 그리고 언니한테만 얘기한 것도 아니에요. 우리 학
교 비장애형제들한테도 얘기했어요."

"우리 학교에 우리 같은 애들이 얼마나 더 있어?"

"저도 잘은 몰라요. 제가 아는 사람은 우리 말고 세 명이 전
부예요. 아마 더 많을걸요? 자기 가족 얘기를 굳이 하지는 않으

니까."

2학년과 3학년 몇몇의 얼굴이 뇌리를 스쳐 갔다. 어릴 때 복지관이나 치료실에서 종종 마주쳐서 얼굴은 아는 애들이었다. 굳이 다가가서 아는 척하기는 어색했다. 아, 쟤 나 아는데. 잘 지내려나? 하고 생각하며 멀찍이서 바라보기만 했다.

"온다는 애 있어?"

도희는 콧등을 찡그리며 말했다.

"아뇨."

"한 명도?"

도희는 깍지 낀 두 손을 가슴팍에 모으고 내게 애원하듯 말했다.

"언니가 그 한 명이 될 수 있어요!"

나는 또 웃고 말았다. 내 난처함을 덜어 주려는 듯 도희는 "갈게요!" 하며 손을 흔들고 정문 쪽으로 먼저 걸어갔다. 나는 가만히 서서 도희의 뒷모습을 바라보았다.

도희의 밝음은 어디에서 피어나는 것일까. 도희도 나처럼 최선을 다해 좋은 쪽을 바라보려고 애를 쓰고 있는 걸까. 혼자 있을 때 도희는 어떤 얼굴일까. 정리되지 않는 생각이 올라왔다가 가라앉았다.

옆에서 민아가 내 손을 잡았다. 내가 물었다.

"가자고?"

민아는 고개를 끄덕이고는 앞서 걷기 시작했다. 민아의 씩씩한 발걸음에 이끌려 가는 것도 괜찮았다. 혼자였던 복도보다는 함께인 운동장이 나왔다.

내 삶의 기본값

엄마 양이 세상을 떠났어요.

아기 양 브리와 리사는 가뭄을 피해 물을 찾아 길을 떠났어요.

거친 들판에는 햇빛 피할 곳이 없어요.

늑대가 쫓아오지만 숨을 곳도 없어요.

세상의 끝에 몰린 아기 양 브리와 리사는 어쩌면 좋을지 몰라

절벽 아래 사납게 우는 파도 앞에서 울며 소리쳤어요.

집에 가고 싶어요. 집에 가고 싶어요.

눈을 떴다. 거실에서 민아의 책 읽는 소리가 울렸다. 민아는 어렸을 때 읽었던 그림책을 다시 꺼내 읽는 걸 좋아했다. 저 책의 제목은 『함께 집으로』. 일주일에 세 번은 읽는 책이었다. 민아는 저토록 경쾌한 목소리로 책을 읽으면서도 말은 잘 하지 않았다. 일상적으로 쓰는 건 응, 네, 좋아, 싫어, 같은 말이나 아빠, 학교,

선생님, 하트, 친구, 피자 같은 단어들이 전부였다. 아는 단어는 적잖았는데 실제로 쓰는 말은 얼마 되지 않았다. 민아가 알면서도 꺼내지 않는 단어 중에는 '언니'도 있었다.

늦잠을 자도 괜찮은 토요일이었으나 커튼 사이로 비쳐 든 아침 빛이 잠을 흩어 버렸다. 나는 베개 옆에 둔 수건을 집어 눈에 덮었다. 아늑한 어둠으로 돌아가고 싶었으나 깨 버린 잠은 좀처럼 다시 찾아들지 않았다.

지금 우리 집은 빌라 3층. 내 방 창문은 동쪽이라 아침이면 햇살이 방 안을 가득 채웠다. 왜 이렇게 눈부신 거야, 하고 툴툴거리는 것도 이제는 끝이었다. 이사가 한 달도 남지 않았다. 새로이사 갈 집은 필로티가 있는 빌라 1층이었는데, 도로를 향해 난 거실 유리창을 제외하곤 모든 창문이 전부 벽을 마주하고 있었다.

그 집은 학교와도 멀었다. 길이 복잡하고 주변 건물들이 비슷비슷해서 처음 간 사람은 헤매기 십상이었다. 아빠에겐 "생각보다 괜찮네. 1층이어서 다니기도 편하고." 하며 철든 딸 흉내를 냈지만 사실 나는 안을 둘러보다 우울해지고 말았다.

복잡한 길은 익히면 그만이고 멀어진 학교는 일찍 일어나는 것으로 감당하면 됐다. 집이 좁은 것도 적응하면 괜찮을 것이었다. 그러나 한낮에도 전등을 켜지 않으면 초저녁처럼 어둑한 건 어찌할 도리가 없었다.

책 읽는 소리가 그쳤다. 욕실에서 물소리가 나더니 이내 민아의 콧노래 소리가 벽 너머로 들려왔다. 민아의 토요일 일정은 책 읽기로 시작해 샤워로 넘어간다. 욕실에서 민아의 콧노래 소리가 들린다는 건 지금이 8시 15분 언저리라는 의미였다.

민아는 우리의 아침을 이끄는 아이였다. 민아에게는 계획이 순서대로 이행되는 게 중요했다. 평일 아침에는 7시에, 토요일과 일요일에는 8시에 일과가 시작됐다. 샤워가 끝나면 새 옷을 갈아입고 물을 한 잔 마신 뒤에 실내 자전거에 올라 5분가량 영차영차 소리를 내며 페달을 밟았다. 아침 운동을 마치면 안방 침대에 누운 아빠에게로 가 일어날 때까지 옆에서 칭얼거렸다.

오늘은 민아의 칭얼거림이 오래 이어졌다. 아빠가 쉽게 일어나지 못한다는 의미였다. 아프기 전의 아빠는 민아를 따라 뭐든지 제시간이었다. 민아가 "아빠!" 하고 소리치며 안방으로 들어서면 "시작이구나!" 하며 거실로 나왔다. 아빠는 헐렁한 차림으로 주방에 나와 핸드폰으로 뉴스 방송을 틀고는 민아와 함께 아침을 준비했다. 떡, 두유, 김에 싸 먹는 밥, 전날 끓여 둔 미역국, 계란 부침 같은 것들이 식탁에 올라왔다. 나는 아침에 아빠가 만들어 주는 스크램블드에그와 커피가 좋았다. 지금은 보기 힘든 아빠가 아프기 전의 풍경이었다.

아빠의 몸에 이상 신호가 들어오기 시작한 건 3년 전 공익신고를 한 뒤부터였다. 아빠가 교사로 일했던 학교의 이사장은 공금으로 1억 원이 넘는 고급 리조트의 회원권을 사고 친인척들에게 학교 사업을 몰아주었다. 학부모들로부터 불법 찬조금을 걷고 교사 임용 대가로 돈을 받아 챙겼다. 아빠는 증거를 모아 이사장의 작태를 신고했다. 이사장은 구속되고 행정실장이었던 이사장의 아들 박진은 파면되었다. 그리고 학교는 개인정보 관련 업무상의 실수를 꼬투리 잡아 아빠를 해임했다.

명백한 보복이었다. 아빠는 부당 징계라며 교원소청심사위원회에 문제를 제기했고 해임 취소 결정을 받아 두 달 만에 복직했다. 그러자 학교는 아빠에게 수업을 배정하지 않았다. 다른 교직원들에게 아빠가 학교에서 무엇을 하는지 파악하고 보고하게 했다.

하루하루 견디며 살던 아빠는 박진의 술수에 말려들었다. 박진은 우리 집에 찾아와 아빠를 자극했고 아빠는 박진을 폭행했다. 벌금형이 나오자 학교는 아빠를 징계하겠다며 날을 세웠다. 다시 다퉈 볼 수도 있었으나 아빠가 버틴 건 거기까지였다. 아빠는 스스로 학교를 그만두고 선배가 운영하는 학원으로 자리를 옮겼다. 병원에서는 아빠의 원인 모를 병증이 스트레스로 인한 것일 가능성이 크다고 했다.

아빠가 아프기 시작하면서 좋았던 것이 하나둘 사라지고 있었다. 연희 아줌마가 사라졌고 웃는 아빠도 사라졌다. 아빠가 내린 커피 향을 맡지 못한 지도 오래되었다. 이제 내 방으로 찾아들던 아침 햇살도 사라질 것이었다.

나라도 단단해야 했다. 그렇게 생각하면 비감한 감정이 차오르면서 힘이 솟곤 했다. 엄마가 돌아가신 뒤로 나는 일찌감치 철이 들어야 했다. 자잘한 집안일을 틈나는 대로 해치웠다. 민아도 집안일을 좋아했다. 식탁 유리를 닦거나 빨래를 널고 개고 옷장 서랍에 분류하는 건 누구도 손대서는 안 되는 민아의 몫이었다.

최선을 다해 좋은 쪽으로.

아빠가 일어나지 못하면 내가 아침을 차리면 그만이었다. 나는 침대에서 내려와 밖을 향해 큰 소리로 말했다.

"민아야! 언니 나간다!"

문을 열고 나오는데 안방이 아닌 소파에 아빠가 누워 있었다.

아빠가 잠긴 목소리로 말했다.

"윤아 일어났구나."

"몸은 좀 괜찮아?"

아빠가 한쪽 머리를 짚으며 상체를 일으켰다.

"요즘 약 좋아. 걱정 마."

걱정 말라는 건 아빠가 요즘 내게 자주 하는 말이었다. 아빠는 자기 말을 입증하겠다는 듯이 소파에서 일어나 간단한 스트레

칭으로 몸을 풀고는 안방 화장대 앞에서 머리를 빗었다. 아빠를 따라 안방에 들어간 민아가 화장대 의자에 앉아 혜, 하고 웃으며 거울 속 아빠를 올려다보았다. 아빠는 가만히 웃으며 민아의 머리칼을 천천히 아래로 빗어 내렸다. 욕실에 들어가 씻고 나오니 아빠와 민아가 주방에서 아침 식사를 준비하고 있었다.

아빠는 냉장고를 열어 안을 들여다보고는 "버터가 다 떨어졌네." 하고 중얼거렸다. 아빠가 냉장고를 뒤적거리며 내게 물었다.

"공부는 잘되니?"

상위권이라고 하기는 애매하지만 중간은 거뜬히 넘는 게 내 성적이었다.

"하는 만큼 하는 거지 뭐."

아빠가 조금 웃었다.

"믿음직스러운데?"

"믿지 마. 그러다 망하면 민망해."

아빠는 냉장고에서 계란을 꺼낸 뒤 문을 닫으며 말했다.

"태도가 마음에 든다는 거야."

민아가 아빠 옆에 다가와 계란을 만지작거렸다. 자기가 깨고 싶다는 의미였다. 아빠가 자리를 비켜 주자 민아는 능숙하게 그릇에 계란을 깨어 넣고 젓가락으로 노른자를 터트려 흰자와 섞었다.

팬에서 달걀 굽는 냄새가 풍기기 시작했다. 스크램블드에그를 만드는 민아의 뒷모습이 제법 흥거워 보였다. 아빠는 식빵을 전자레인지에 데우고 딸기잼을 꺼냈다.

"아빠 오늘 일정은?"

"민아랑 복지관."

"오늘도? 요즘 토요일에 뭘 자주 하네. 뭐 하는데?"

"반려견 간식 만들어."

"우리 집엔 개 없잖아."

"아래층 아저씨가 자기 개한테 줘도 된다고 하셨거든."

문득 연희 아줌마가 떠올랐다. 복지관에 간다면 연희 아줌마 카페를 지나게 될 것이었다. 아빠가 다시 연희 아줌마를 만나면 어떨까.

"복지관 다녀온 다음에는?"

"구청 앞에."

"거긴 왜? 무슨 일 있어?"

"특수학교 집회가 있대."

도희가 말한 그 집회일 것이었다. 아빠가 나를 향해 나무 뒤집개를 세워 보이며 말했다.

"동지들과 함께해야지."

아빠의 장난기 어린 말에 입가가 비스듬히 올라갔다. 조금이지만 예전의 아빠로 돌아온 것 같았다.

　민아가 접시에 스크램블드에그를 담아 식탁으로 가져왔다. 나는 물컵과 포크를 식탁에 놓았고 아빠는 식탁에 양상추 샐러드를 올려놓았다. 방울토마토가 섞여 있어서 보기 좋았다. 예뻐서일까, 맛있어 보여서일까, 민아의 얼굴에는 이미 미소가 가득이었다.

　아빠가 말했다.

　"먹자."

　햇살이 닿은 식탁 모서리가 희붐하게 빛났다. 빛의 기운이 감도는 공간 안에 우리 셋은 달그락거리며 아침 식사를 했다.

　아침을 먹고 깜박 잠이 들고 말았다. 깨어 보니 11시가 넘었다. 문을 열고 나왔는데 집 안이 적막했다. 닫아 놓은 커튼을 투과한 빛이 거실 바닥에 나른히 깔려 있을 뿐이었다.

　"아빠? 민아야?"

　아무 소리도 들리지 않았다. 덜컥 겁이 났으나 곧바로 아빠가 말했던 일정이 생각났다. 반려견 간식 만들러 복지관에 간다고 했던 말이. 겁먹을 필요 없다는 걸 알면서도 혼자 있을 때 무서운 기분이 드는 건 어쩔 수가 없었다.

　사람은 앞일을 모른다. 무슨 일이든 생길 수 있다. 아빠는 자신이 장애인 가족의 가장이 될지 몰랐고, 공익신고 뒤에 교단에서 내려오게 될지 몰랐다. 엄마는 너무도 갑자기 세상을 떠났다. 괜한 염려와 괜한 불안. 내게 무슨 일이든 벌어질 수 있다는 두려움은 내 삶의 기본값이었다.

어릴 때 기억 때문이기도 했다. 초등학교 1학년 때, 엄마와 민아와 영화관에 갔을 때였다. 셋이서 간 건 처음이었다. 민아는 영화가 시작되자마자 칭얼거렸다. 민아를 달래던 엄마는 영화 관람을 포기하고 민아와 함께 먼저 밖으로 나갔다. 내게는 다 보고 나오라는 말을 남긴 채.

혼자 남겨진 뒤로는 불안한 상상에 휘둘려 영화의 내용을 쫓아갈 수가 없었다. 둘이서 나만 두고 어딘가로 가 버렸을 것 같았다. 영화가 끝나고 출구에 불이 들어오자마자 나는 종종걸음으로 나갔다. 엄마가 보이지 않았다. 민아도 없었다. 나는 사람들이 가는 방향으로 뛰듯이 걸어갔다. 엄마와 민아는 매표소 앞에서 팝콘을 먹고 있었다. 내가 울면서 엄마에게 안기자 엄마는 지친 얼굴로 물었다. 영화가 많이 슬펐느냐고.

엄마도 아빠만큼이나 민아에게 각별했다. 할 수 있는 모든 걸 다 했다. 단식이 자폐 장애 치료에 효험이 있을 수 있다며 일곱 살인 민아를 데리고 닷새 동안 단식원에 들어가기도 했다. 기공 치료가 효험이 있다는 말에 일주일에 서너 번씩 운전을 해서 먼

곳을 다녀오기도 했다. 발 마사지가 두뇌 회복에 도움이 될 수 있다면서 매일 밤 민아의 발을 나무 지압봉으로 꼼꼼히 밀었다.

"그런 걸로 나을 일이 아닌 거 같은데. 서로 고생만 하잖아."

아빠가 그런 식으로 말하면 엄마는 대꾸했다.

"이렇게라도 하지 않으면 더 힘들어. 민아가 좋아질 수 있다면 뭐든 할 거야."

엄마가 민아와 함께 어디론가 가 버리고 나면 집은 무섭도록 고요해졌다. 나는 차츰 그 고요에 익숙해졌으나 익숙해진 것만큼 엄마와 민아가 미웠다. 어느 날 아무도 없는 거실에서 나는 소리 내어 중얼거렸다.

"둘 다 영영 돌아오지 않아도 상관없어."

엄마는 힘들었을 것이다. 절박했을 것이다. 외로웠을지도 모른다. 엄마를 생각하면 마음이 복잡했다. 엄마가 죽기 직전까지 생각했던 사람은 아마도 민아였을 것이다. 원망스럽고 슬프고 속상하고 서운했다. 억울한 마음에 화도 났다.

나는 내 마음을 내려다보았다. 불분명한 감정들이 장악한 내 마음에서 분명한 건 단 하나였다.

엄마가 보고 싶다.

엄마는 디지털카메라로 찍은 사진을 인화해서 앨범에 정리해 두곤 했다. 아빠와 연희 아줌마가 연애를 시작한 뒤, 나는 아빠

몰래 엄마의 사진이 든 가족 앨범을 민아 방 서랍장 깊숙한 곳에 넣어 두었다.

나는 민아의 방에 들어갔다. 민아의 방에는 잡다한 물건이 보관된 5단 서랍장이 있었다. 서랍장에는 양말 인형, 나노블록 모형, 그림과 목공 작품 등이 칸칸이 담겨 있었다. 민아와 관련된 각종 진단서, 성적표, 증명서, 교육 결과 보고서, 앨범에 정리하지 못한 사진들도 있었다.

처음 연 서랍에는 앨범이 없었다. 다음 서랍을 열려는데 흐트러진 문서들 위에 낯선 특수학교 이름이 적힌 서류 봉투가 보였다.

'뭐지?'

나는 서류 봉투 안에 든 것을 꺼내 보았다. 특수학교 안내 팸플릿이었다. 표지에는 다운증후군이 있는 학생이 편안한 미소를 지은 채 농구공을 들고 있었다. 주소를 보니 여기에서 몇 시간 거리에 있는 기숙형 특수학교였다. 무심히 도로 넣으려는데 봉투 안에 또 하나의 서류가 있었다. 꺼내 보니 입학원서였다.

원서에는 민아의 인적 정보가 적혀 있었다. 보호자 확인란에는 아빠의 서명도 있었다. 순간, 심장이 쿵쾅거렸다. 아빠가 민아를 먼 곳으로 보낼 생각을 하는 걸까? 나는 아찔한 기분을 가다듬으며 팸플릿을 다시 꼼꼼히 살펴보았다. 발달 장애 학생을 위한 학교였다. 이 특수학교에 다니려면 기숙사에 입소해야 했다. 짤막하게 소개된 교육과정을 보니 좋은 곳 같았다. 교육 내용도 이만하면 알차지 않나? 그러다 어느 문구에 이르러 나는 실소하고 말았다.

팸플릿은 작년 것이었다. 입학원서도 작년 것이었다. 순간, 속이 욱신거렸다. 나는 실망하고 있었다. 입학원서가 쓸모없는 것이라는 사실에.

서류를 제자리에 놓고 다음 서랍에서 가족 앨범을 찾은 나는 거실로 돌아와 소파에 앉았다. 고풍스러운 문양이 음각된 표지를 열자 오래된 사진 냄새가 올라왔다.

앨범의 첫 사진은 아빠의 백일 사진이었다. 두 번째 사진은 엄마의 돌 사진이었다. 그 뒤로 엄마와 아빠의 학창 시절 사진이 번갈아 이어지다가 결혼사진이 등장했다. 엄마는 손으로 V 자를 만들어 보였고 친구들 사이에서 두 팔을 번쩍 치켜든 아빠는 큰 소리로 무어라 외치는 것 같았다.

그 뒤로는 내 사진과 민아의 사진이, 그리고 우리 네 사람이 함께 찍은 사진들이 이어졌다. 배경은 예전에 살던 시골집, 예전에 놀던 놀이터, 예전에 다녔던 어린이집과 유치원으로 바뀌었고 나와 민아의 체구와 얼굴이 달라져 갔다. 3학년 초 온 가족이 함께 바닷가에 갔던 사진을 끝으로 더는 아무것도 없었다.

민아에게 장애가 있다는 걸 알게 된 건 민아가 네 살, 내가 다섯 살일 때였다. 가족 모두 소아정신과에 다녀오던 날의 기억은 고등학생이 된 지금도 선명했다. 집으로 돌아오는 차 안에서 엄마와 아빠는 한마디도 하지 않았다. 카시트에서 민아가 자지러지게 울어도 누구도 돌아보지 않았다. 민아가 울부짖는 소리에 나도 덩달아 울음을 터트렸는데도.

누구도 내게 정적의 의미를 설명해 주지 않았다. 차 안에서 엄마 아빠가 말을 하지 않았던 이유도, 민아가 내 부름에 답하지 않는 이유도, 엄마와 아빠가 밤에 잠을 자지 않고 컴퓨터를 들여다보는 이유도 알 수 없었다. 지금 와서 돌이켜 보면 엄마와 아빠는 그 모든 일들이 지나가는 환란이기를 바랐던 것 같다. 시간이 지나면 사라지는, 이제까지 엄마와 아빠가 겪어 냈던 모든 어려움처럼 결국은 지나갈 일이 되기를 간절히 바랐을 것이었다.

집은 민아를 중심으로 돌아갔다. 엄마는 내가 유치원에서 있었던 일을 재잘거리면 건성으로 답할 때가 많았으나 민아가 말 비슷한 소리라도 내면 화들짝 놀라며 상냥한 목소리로 말했다.

"우리 민아, 뭐라고 했지? 다시 한번 말해 볼래?"

내가 당연하게 해내는 것들 앞에서 쩔쩔매는 민아를 보면 통쾌한 기분과 함께 기이한 죄책감이 들곤 했다. 한번은 엄마 앞에서 민아처럼 말하고 행동해 보았는데 그때 엄마의 얼굴에 서린

공포를 확인한 뒤로는 다시는 그러지 않았다.

처음에는 민아가 답답했다. 공룡 인형을 집착하듯이 모으는 것도, 공룡 인형과 기차와 블록을 일렬로 늘어놓으며 노는 것도, 이를 닦는 것과 카시트를 격렬하게 싫어하는 것도 이해가 되지 않았다. 민아보다 어린 애들이 말하는 모습을 보면 무언지 알 수 없는 감정이 일렁였다.

이따금 민아에게 잘해 주기도 했는데 그럴 때면 항상 칭찬이 뒤따랐다. 어른들은 나를 향해, 착하다, 예쁘다, 철이 들었다, 하는 기분 좋은 말을 부어 주었다. 한번은 일기에 커서 민아의 엄마가 될 거라고 썼는데 그 글에 선생님이 눈물을 글썽이며 내 머리를 쓰다듬어 준 적도 있었다.

집에서는 민아를 동생으로 챙겼으나 학교에서 민아를 마주치면 피하거나 외면했다. 어쩔 수가 없었다. 멀어지고 싶었다. 민아가 다른 집 아이였으면 했다. 지금처럼 민아와 함께하게 된 건 6학년 2학기 말, 급식실 앞에서의 일 때문이었다.

점심을 먹기 위해 급식실에 줄을 섰을 때였다. 희멀건 5학년 남자애가 민아 앞에서 히죽거리며 장난을 치는 게 보였다. 무슨 장난을 치나 곁눈질로 살펴보던 나는 그만 숨이 턱 막히고 말았다. 그 남자애는 민아가 아끼는 목도리를 빼앗아 들고는 약 올리듯 말했다.

"이리 와 봐. 가져가 봐."

민아는 웅얼거리며 손을 뻗었다. 그 남자애는 민아의 손이 닿을세라 잽싸게 목도리를 공중으로 들어 올렸다. 민아가 불안한 듯 자기 뺨을 두드리자 녀석은 민아 얼굴 앞에 목도리를 흔들며 키득거렸다.

"주는데 받지도 못해?"

녀석이 목도리를 내밀고, 민아는 웅얼거리며 손을 뻗고, 손이 닿을라치면 녀석은 목도리를 낚아채고. 반복되는 녀석의 농락에 민아는 어쩔 줄 몰라 하다, 오른손으로 뺨을 두드리며 휘어지는 소리를 냈다. 녀석은 민아의 행동과 목소리를 따라 하다가 원숭이 흉내를 냈다. 옆에 있던 애들이 클클거리며 웃었다.

"와, 너 진짜 똑같다. 그러다 강민아 되겠는데?"

"미쳤냐? 차라리 원숭이를 하고 말지."

머릿속이 하얘지면서 발걸음이 저절로 떨어졌다. 나는 우리 반 급식 줄에서 벗어나 녀석에게 성큼성큼 다가갔다. 5학년이었지만 나보다 키가 큰 애였다. 나는 손을 내밀며 말했다.

"내놔."

"뭘?"

"몰라서 물어? 내놓으라고."

녀석은 픽 웃으며 말했다.

"어이가 없네. 내가 왜?"

나는 녀석이 쥐고 있던 민아의 목도리를 낚아챈 뒤 민아에게 돌려주었다. 뒤에서 녀석의 목소리가 들렸다.

"아, 뭐야. 한참 재밌었는데."

나는 간신히 입을 열고 떨리는 목소리로 말했다.

"하지 마. 너무 심하잖아."

녀석은 욕설이 섞인 말로 반응했다.

"뭐냐? 가족이라도 되냐? 잘난 척 오지네. 재수 없게."

순간 눈이 뒤집히는 것 같았다. 나는 몸을 돌리고 녀석의 눈을 똑바로 노려보았다.

"다시 한번 말해 봐."

녀석은 분홍색 혓바닥을 내둘렀다.

"가족이라도 되냐고. 뭔 참견이냐고. 재수 똥이라고. 너네 엄마도 너 낳고 미역국 꿀떡꿀떡하셨냐고."

나는 소리를 내지르며 녀석에게 달려들었다. 5학년 선생님과 애들이 뜯어말려야 할 정도로 큰 소동이 벌어졌다. 정신을 차렸을 때는 팔다리를 벌리고 널브러진 녀석과 녀석의 코와 입에서 흐르는 피가 보였다. 녀석은 딸꾹질 섞인 울음과 욕설을 뱉으며 징징거렸다. 나는 헉헉거리며 주변에 모여든 아이들을 쏘아보았다. 배식대 앞에서 우리 반 선생님이 달려오고 있었다. 나는 녀석의 몸통을 넘어 겁에 질린 표정으로 서 있는 민아에게 다가갔다. 민아는 눈물에 젖은 얼굴로 내가 내민 손을 잡았다. 나는 민아의 손을 잡고 선생님을 향해 걸어가 헐떡이며 말했다.

"제가 때렸어요. 저 녀석이 민아를 괴롭혀서요."

상황을 파악한 선생님은 말없이 나를 바라보았다. 잠깐 사이 선생님의 코가 빨개졌고 눈에 눈물이 차올랐다. 선생님의 얼굴을 보는데 목이 메어 왔다. 나는 앞니로 아랫입술을 내리누르며 고개를 숙였다. 툭, 툭, 바닥에 눈물이 떨어졌다. 민아의 손에서 전해져 오는 따뜻함과 보드라움이 서럽고도 서러웠다. 미안하고 미안했다. 결심이 찾아오는 순간이었다. 나는 울음을 삼키며 간신히 말했다.

"민아는 내 동생이에요. 가만두지 않을 거예요. 앞으로도요. 누구라도요."

"그래, 알았다. 알았어. 다 알겠다."

선생님의 메인 목소리에 마음의 벽이 무너진 나는 세상에 새겨 넣듯 소리쳤다.

"제가 민아 언니예요!"

울음과 함께 터져 나온 말이었다. 선생님은 나를 끌어안고 등을 토닥였다. 억누르는 듯한 선생님의 울음이 내 가슴으로 스며들었다. 나는 선생님의 품 안에서 엉엉 울고 말았다.

그때 터져 나왔던 민아에 대한 격렬한 감정은 나조차도 예상 못 했던 것이었다. 그 뒤로 민아를 향한 내 태도는 달라졌다. 나는 민아를 사랑했다. 마음만이 아닌 말과 행동으로. 나는 거리에서 민아의 손을 잡았고 하굣길에 아이스크림 가게에 들러 민아에게 무엇을 먹고 싶은지 물어보았다. 나를 바라보는 민아의 시선에서 경계심이 흐려져 갔다. 민아는 더 이상 내 눈치를 살피지 않았다. 그리고, 그렇게 살아가기로 한 뒤로 알 수 없는 고립감이 이따금 나를 휘감곤 했다.

　　마지막 사진 뒤로도 빈 페이지가 여러 장이었다. 엄마가 채우지 못한 빈칸을 내려다보는데 마음이 흘러내리는 듯했다. 나는 텔레비전을 틀고 소리를 키웠다. 리모컨으로 채널을 돌려 보았지만 어느 프로그램에도 눈길이 머물지 않았다. 이유를 알 수 없는 쓸쓸함이 밀려들었다. 혼자일 때면 가끔 구덩이에 빠진 듯한 기분이 들 때가 있었다. 눅진한 우울함이 안개처럼 나를 장악할 때가 있었다.

　　뭐라도 해야 했다. 힘들이지 않아도 되는 것, 나를 보송하게 말려 주는 봄볕 같은 어떤 것, 그런 것이 필요했다. 그때, 핸드폰에서 메시지 알림음이 울렸다. 보낸 사람은 필우였다.

　　―뭐 해?

두 글자에 물음표 하나. 물음표의 고리가 매끈하게 다듬은 손잡이 같았다. 필우가 던져 준 손잡이를 잡고 구덩이에서 빠져나가고 싶었다.

잠시 고민하던 나는 핸드폰 화면에 엄지를 놀려 하고 싶은 말을 전했다.

—너는?

불꽃을 품고

가벼운 점퍼를 입고 집을 나섰다. 도희의 두 번째 초대에 응하는 길이었다. 집회 시작 시간은 5시였지만 구청 앞에는 이미 사람들이 많았다. 9월 하순으로 접어들었어도 날씨는 여전히 더워서 반팔 차림인 사람이 대부분이었다.

동진구 구청 청사로 들어가려면 계단참이 두 번 이어지는 계단을 올라가야 했다. 넓은 계단참에 특수학교 설립을 찬성하는 사람들이 서른 명가량 모여 있었고 구청 앞 도롯가에는 수백 명의 반대 측 사람들이 길게 늘어서 있었다. 가두 행진을 지원하는 경찰차가 여러 대 와 있었다. 현장을 통제하는 경찰들도 적잖았다.

사선으로 비쳐 드는 햇살 때문에 계단참에 있는 사람들은 너나 할 것 없이 인상을 찌푸리고 있었다. 나는 사람들 사이에서 도희를 찾았다. 도희는 이동식 스피커 앞에서 아, 아, 소리를 내며 마이크 상태를 점검하고 있었다. 도희도 나를 발견하고는 손을 번쩍 들어 흔들었다. 가까이 다가가자 도희가 나를 사람들에게 소개해 주었다.

"저랑 같은 학교 언니예요. 이름은 강윤아."

몇몇 어른들이 나를 알아보고 큰 소리로 환대해 주었다.

"민아 언니 아냐? 지난주에는 민아 아빠가 왔는데 오늘은 민아 언니가 왔구나."

"맞네, 맞아. 몇 년 새 정말 많이 컸네."

"아줌마 혹시 기억나니? 감각통합 치료실에서 봤었는데."

내가 기억하지 못하는 나를 기억해 주는 분들과 와 줘서 든든하다는 말들 틈새에서 나는 어색하게 웃으며 응대했다. 도희가 내게 말했다.

"아, 언니. 한 명 더 오겠다고 했어요."

"그래? 누구?"

도희는 주위를 두리번거리다가 나를 맞았을 때처럼 손을 번쩍 치켜들었다.

"오빠! 여기요! 여기!"

'오빠?'

나는 도희가 손짓하는 쪽을 쳐다보았다. 계단 아래에서 우리를 향해 다가오는 한 남자애가 보였다.

필우였다. 나를 알아본 필우는 잠시 멈칫했다가 손을 흔들었다. 나도 멋쩍게 손을 마주 흔들었다. 서먹한 시선이 비껴가는 이 상황은 내 탓이 컸다. 일주일 전, 간단한 안부를 물으며 시작된 우리의 대화는 한 시간 넘게 이어졌다.

이런저런 학교 얘기와 음악 얘기, 가족 이야기를 나누다가 친구들의 연애사로 화제가 흘렀다. 걔가 걔랑? 진짜? 하는 말을 주고받다가 나는 필우에게 묻고 말았다.

─너는 사귀는 애 없냐?

순간, 실수했다는 느낌에 얼굴이 화끈거렸다. 이걸 어떻게 수습해야 하나 전전긍긍하는데 한 박자 늦게 필우의 메시지가 올라왔다.

─이 몸은 공부하느라 연애 따위 생각할 겨를이 없다.

나는 그 문장 아래로 눈물을 흘리며 깔깔거리는 이모티콘을 올렸다.

편안한 말로 대화를 마무리했으나 필우를 생각하면 마음이 덜컥거리는 건 어쩔 수가 없었다. 오래오래 이어질 것 같던 우리 사이가 1년을 넘기지 못한 데에는 이유가 있었다. 헤어진 뒤로 꽤 오랜 시간이 지나긴 했으나 필우와 내가 아주 다른 사람이 된 게 아니라면, 우리가 다시 가까워진다면, 그 이유를 또다시 확인할 수밖에 없을 터였다.

거리를 두는 것이 현명했다. 월요일 아침에 잘 잤느냐는 필우의 메시지가 왔으나 나는 일부러 늦게 답했다. '응. 좋은 하루 보내.'라며 굳이 마침표를 찍었다. 그 뒤로도 필우가 메시지를 보내면 친절하지만 선을 긋는 말만 골라서 답했다. 필우는 이틀 전부터 아무런 메시지를 보내지 않았다. 학교에서 마주치면 다른 친구에게 말을 걸면서 내게서는 얼굴을 돌렸다. 마음이 편하지 않았지만 내가 먼저 선을 그었으니 당연했다.

나는 도희에게 물었다.

"온다고 한 사람이 필우였어?"

"제가 막 졸랐어요. 필우 오빠가 하굣길 친구 하잖아요. 지오 오빠랑 집에 가는 거 보는데 느낌이 딱 왔거든요."

순간, 도희가 필우를 찾아가서 밝은 미소로 조르는 장면이 떠올랐다. 도희가 속닥이는 투로 말했다.

"언니, 필우 오빠 좀 멋있지 않아요? 목소리도 좋고 웃는 것도 귀여워요."

목소리가 좋기는 했다. 웃는 게 귀여운 것도 맞았다. 나는 비틀리려는 기분을 감추려 눙치듯 말했다.

"노래도 잘해."

도희가 나를 쳐다보며 눈을 깜박였다.

"언니, 필우 오빠랑 친해요?"

"아니, 뭐, 그냥."

모호한 내 반응에 도희는 고개를 갸웃하며 말했다.

"필우 오빠는 언니 모르는 것처럼 그러던데."

몰라? 나를 몰라? 순간 눈앞에 불꽃이 튀는 것 같았지만 말은 그럭저럭 주워섬겼다.

"같은 학년이니까 아무래도 건너 건너서는 알지."

도희는 아, 하고 말하며 필우를 향해 다시 소리쳤다.

"필우 오빠! 얼른요!"

필우는 우리 쪽으로 가볍게 뛰어오다가 순간 발을 헛디뎠다. 아마도 내 싸늘한 표정 때문일 것이었다. 나는 아무렇지 않은 척 도희에게 말을 걸었다. 이제부터 뭐 하면 되느냐고.

특수학교 찬성 집회는 기자회견으로 시작되었다. 취재기자들은 몇 되지 않았다. 장애인 단체 사람들과 장애 학생 학부모들이 번갈아 마이크를 잡았고 기자들이 카메라로 사진을 찍었다. 도희도 마이크를 잡고 특수학교를 세우는 건 당연한 일이라며 목소리를 높였다.

특수학교 반대 측의 움직임은 군함 같았다. 육중한 스피커를 실은 용달차가 도착하고 나서 본격적인 거리 시위가 시작됐는데 규모에서 찬성 측을 가볍게 압도했다. 북과 꽹과리 소리가 울리자 수백 명에 달하는 사람들이 천천히 차도를 따라 걷기 시작했다. 그들이 한목소리로 외쳤다.

주민 의견 무시하는 특수학교 웬 말이냐
우리들이 만만한가? 단체 행동 돌입한다
주민 무시 구청 정책 결사 반대 결사 반대
떨어지는 집값 늬들이 책임질래?

일제히 울리는 구호를 듣는데 흩어져 있던 감정들이 한 덩어리
로 똘똘 뭉쳐지는 것 같았다. 반대 측 사람들을 쳐다보지는 못했
다. 그들 중에 아는 사람이 있을 것 같아서. 특수학교를 반대한
다는 아파트 단지에는 얼마 전에 그만둔 민아의 활동 지원사님
도 살고 있었다. 시위대에서 허리가 하나도 아프지 않은 그분을
본다면, 혹은 선생님이나 친구들을 보게 되면 나는 어떤 얼굴을
해야 할지 갈피를 잡지 못할 것 같았다.
　나와 필우는 구청 앞 거리에 서서 행인들에게 특수학교 찬성
주장을 담은 전단을 나눠 주었다. 처음에는 모르는 사람에게 전
단을 나눠 주는 일이 머쓱했다. 필우도 마찬가지였는지 저기, 잘,
부탁을, 하며 버벅거리다 나와 눈이 마주치곤 서로 웃고 말았다.
10분 정도 지나자 굳은 표정이 풀리고 목소리도 제대로 낼 수 있
었다. 어느 틈에 우리는 전단을 나눠 주며 "읽어 주세요. 부탁드

립니다." 하고 씩씩하게 말하고 있었다.

집회를 마치고 나니 저녁 7시였다. 뒷정리하고 마무리 인사를 하자 어른들이 셋이 저녁이라도 먹으라며 돈을 쥐여 주었다. 사양하는데 도희가 "감사합니다!" 하고 기운차게 인사하며 돈을 받았다.

도희가 나와 필우 앞에 지폐를 흔들었다.

"우리 저녁 같이 먹어요."

토요일 밤이었다. 기분 좋은 피로감과 허기가 돌았다. 필우가 도희에게 나를 모르는 척했다는 게 괘씸하기는 했으나 같이 전단을 나눠 주며 두 시간가량 함께 있다 보니 마음이 풀리기도 했다.

"언니는 먹고 싶은 거 없어요? 필우 오빠는요?"

"넌 뭐 먹고 싶은데?"

내가 건넨 말에 도희는 고민하는 기색도 없이 배시시 웃으며 말했다.

"닭갈비 어때요? 우리 밥도 볶아 먹어요. 콜라도 한 잔씩 하고요."

닭갈비라면 괜찮을 거 같았다. 둥근 불판에 채소와 고기를 올리고 볶다 보면 손이 바쁠 것이고 필우와의 어색함도 덜할 것이었다. 무엇보다 여기에서 내가 빠지면 도희와 필우가 둘이서 저녁을 먹는 사태가 벌어질 수 있었다.

"좋아. 가자."

내 말에 필우도 따라붙듯 답했다.

"나도 좋아."

"앗싸! 가요!"

구청 옆 닭갈비 집에는 사람이 적잖았다. 우리는 창가 쪽에 자리를 잡고 닭갈비 3인분을 주문했다. 도희는 라면 사리와 우동 사리도 시키자고 했다. 주문을 끝낸 뒤 도희는 초록색 앞치마를 가져와 나와 필우의 목에 하나씩 걸어 주고는 결연한 목소리로 말했다.

"우리 셋 다 오늘 먹고 죽는 거예요."

필우가 말했다.

"그런 말은 어른들이 술 먹을 때 하는 거 아냐?"

나는 숟가락과 젓가락을 거꾸로 쥐고 앓는 소리로 말했다.

"먹고 죽기 전에 배고파서 죽겠어."

닭갈비가 둥근 철판에 깔렸고 잠시 뒤 먹음직스럽게 익었다. 도희는 닭갈비 사이에 숨어 있는 고구마와 떡을 골라 먹으며 감탄을 쏟아 냈다. 먹으면서 우리는 집회 때 있었던 일들을 돌아보았다. 목소리가 가장 컸던 건 도희였다.

"언니, 오빠, 제가 장애인 인권 집회 여러 번 나가 봤거든요? 그런데 가끔 보면 진짜 이상한 사람들이 있어요. 그냥 우리를 싫어해요. 굳이 지나가면서 한마디씩 던진다니까요? 장애인만 사람이냐는 둥, 팔자대로 사는 거라는 둥, 세금을 늬들이 다 쓰면 나라 살림은 어쩌느냐는 둥. 인터넷 기사에 올라온 댓글까지 보다 보면 빡칠 때가 한두 번이 아네요."

닭갈비가 매콤했기 때문일까. 아니면 집회가 끝난 직후의 고양감 때문일까. 도희의 목소리가 점점 커졌다. 도희의 말을 듣는데 속이 시원하기도 하고 착잡하기도 했다. 지난 4월의 교실 풍경이 겹쳐졌다. 손미현 선생님이 장애인 인권 수업을 했을 때였다.

아이들은 편안한 목소리로 장애인 인권에 대해 옳은 이야기를 꺼내기 시작했다. 당연한 이야기가 오가는 시간이었으나 나는 견디는 기분으로 앉아 있었다. 민아에게 장애가 있다는 것을 아는 애들이 나를 흘깃거리는 것 같았다. 나도 다른 아이들처럼 편안한 목소리로 장애인 인권에 대해 이야기할 수 있다면 얼마나 좋을까, 생각했다. 수업은 토론으로 이어졌다. 어떤 아이가 모든 지하철역에 장애인의 이동권 보장을 위한 엘리베이터를 설치하고 버스도 저상버스로 바꿔야 한다고 주장했을 때였다. 누군가가 작은 목소리로 중얼거렸다.

"그러면 돈이 너무 많이 들지 않나?"

순간, 교실이 잠잠해졌다. 손미현 선생님의 얼굴에 당혹감이 스쳐 지나가는 것을, 아이들이 머쓱해하며 다른 말로 자신들의 즉각적인 공감을 덮고 지나가는 것을, 나는 감지하고 말았다.

필우가 내 컵에 콜라를 따라 주며 눈짓을 했다. 주변을 좀 보라는 의미였다. 고개를 돌려 주위를 훑어보는데, 식당 한쪽에 세워 둔 특수학교 설립 반대 피켓들이 눈에 들어왔다. 우리가 식당에 들어올 때는 없던 것들이었다.

"학교 부지에 학교 들어오는데 주민 공청회를 왜 해요? 특수학교가 기피 시설이에요? 집값이 떨어진다는 말도 실제로는 안 그렇대요."

도희는 목이 말랐는지 단숨에 콜라를 반 컵이나 비웠다. 그사이 나는 필우에게 밥을 몇 인분이나 볶는 게 좋겠느냐며 화제를 돌렸고 필우는 우동 사리를 더 주문해야겠다는 말로 나와 장단을 맞췄다.

도희는 필우와 나를 번갈아 보며 말했다.

"언니, 오빠. 둘이 가위바위보 좀 해 봐요."

"가위바위보? 갑자기?"

"그냥 좀 해 봐요. 제가 너무 갈팡질팡이어서 그래요. 제발요."

필우가 픽 웃으며 내게 말했다.

"그냥 한 번 하자. 하고 나면 이유를 얘기하겠지."

우리는 가위바위보를 했다. 필우는 가위, 나는 바위. 이긴 사람은 나였다. 도희는 깍지 낀 두 손을 가슴에 모으고 내게 말했다.

"가위바위보에서 이겼으니 언니예요."

"왜 이래? 너 지금 좀 무서워."

도희는 내 손을 감싸 잡으며 애처로운 눈빛으로 말했다.

"언니, 저 대신 라디오 방송 출연 좀 해 주세요."

"뭐?"

도희는 자신의 사정을 설명했다. 며칠 전 라디오 방송 출연 제안을 받았다고, 생방송인 데다가 유튜브 생중계도 한다고 했다. 특수학교 찬반 이슈를 다룰 거라고 했다.

"그런 거면 네가 딱이지. 아까 말하는 거 보고 얼마나 감탄했는데. 우리 중에 나가야 한다면 당연히 너지."

"제가 자신이 있으면 나가겠죠. 근데 이게 혼자 떠드는 게 아니에요. 토론이라고요. 일대일 토론요. 특수학교 반대 측에서도 나온다고요."

필우가 말했다.

"잘됐네. 가서 한 방 먹여 줘. 너 조금 전에 우리한테 한 얘기하고 오면 되잖아."

도희가 가슴을 쳤다. 자기는 절대 안 된다고. 기자회견처럼 미리 준비한 말을 하는 건 괜찮지만 토론에 나가면 끝장이라고 했다.

"언니, 이건 경험으로 하는 소리예요. 실은 저 그런 자리에 몇 번 나가 봤거든요. 그때마다 결과가 어땠는지 아세요?"

난처했다. 토론이라면 자신이 없지는 않았으나 굳이 나가고 싶지는 않았다. 어른 중에 나갈 만한 사람이 있을 거라고, 그렇게 도희의 부탁을 거절하려 했다. 뒤에서 우리를 향해 다가온 그가 아니었다면.

"안녕, 우리 친구들. 닭갈비는 맛있어요?"

단발로 내려온 뒷머리를 동그랗게 다듬은 여자였다. 모르는 사람이었다. 여자는 우리를 내려다보며 상냥한 웃음을 지어 보였다.

"누구세요?"

필우의 말에 여자는 명함을 꺼내어 식탁에 내려놓았다.

"저는 이런 사람이에요."

명함 왼쪽 위에는 작은 글씨로 국회의원 나성현이라는 문구가, 가운데에는 조금 더 큰 글씨로 직함과 이름이 적혀 있었다. 비서관 지경란.

비서관? 비서관이 정확히 무슨 일을 하는지는 몰랐지만 국회의원의 일을 돕는 사람이라는 건 분명해 보였다. 지경란은 의자를 가져와 내 옆에 앉았다. 거북해하는 우리의 표정에도 아랑곳하지 않았다.

"학생들이어도 이 지역을 대표하는 국회의원이 나성현 의원이라는 건 알죠? 그분을 모시는 게 제 일입니다. 아, 오해는 말아요. 국회 관련자로 여기 이 자리에 있는 건 아니에요. 저는 특수학교 예정지 앞에 있는 아파트의 동 대표이기도 하거든요. 특수학교 이전 추진위원회의 사무국장도 맡고 있고요. 그리고……."

불현듯 아까 시위장에서의 한 장면이 떠올랐다. 지나가던 검은 차의 뒷좌석에서 나이 지긋한 남자가 내리자 사람들이 환호성을 지르며 "나성현! 나성현!" 하고 연호했다. 나성현 의원은 시위대 앞에서 허리를 숙여 인사하고 주먹을 불끈 쥐어 보이기도 했다. 특수학교 반대 시위대를 격려하는 것처럼.

지경란은 말을 이었다.

"여기 이도희 학생과 라디오 방송에서 토론을 할 사람이기도 하죠."

도희가 해쓱한 얼굴로 나를 쳐다보았다. 필우가 물었다.

"어쩐 일로 오신 거죠?"

지경란이 말했다.

"아까 도희 학생이 우리 들으라고 하는 말 아주 잘 들었어요. 학생다운 패기가 인상적이었고요. 아직 학생들이니까 뭘 모르는 것도 이해는 가지만, 그래도 충고는 필요한 법이죠."

아무도 대꾸하지 않았다. 지경란은 훈수 두듯 말을 이었다.

"이건 그쪽이 이길 수 있는 싸움이 아니에요. 보름 뒤에 구청장 보궐선거 있는 거 알죠? 이번 구청장 보궐선거는 박빙 중의 박빙일 거예요. 우리 구에 열세 개 동이 있는데 그중에 이 동네 인구가 제일 많아요. 우리 아파트 단지 사람들이 아주 많죠. 이게 무슨 의미인지 알아요?"

정치 이야기는 익숙지 않았다. 박빙인 구청장 선거 상황과 특수학교 싸움이 무슨 상관이 있다는 말인가. 지경란은 우리를 둘러보며 입꼬리를 올렸다.

"우리 아파트는 일종의 캐스팅보트 같은 겁니다. 여기 주민들이 어느 후보를 지지하느냐에 따라서 구청장 선거의 승부가 갈릴 거예요. 후보들은 주민들이 무엇을 요구하는지 아주 잘 알고 있고요. 우리 아파트 단지 주민 중에 특수학교 반대 측이 많을까요? 아니면 찬성 측이 많을까요?"

도희가 말했다.

"그 땅은 학교 부지잖아요. 다른 건물은 세울 수 없다고요. 법이 그래요."

"그 법과 제도를 공공의 이익에 적합하게 조정하는 게 정치인들이겠죠?"

지경란은 의자에서 일어서서 우리를 내려다보았다.

"구청장 후보 누구도 학생들 편을 들지 못할 거예요. 우리는 이미 각 후보 캠프에 특수학교 찬반 입장을 내놓으라고 요구했어요. 곧 답이 올 텐데 안 봐도 뻔해요. 도희 학생 말대로 부지 용도 변경은 어렵더라도 특수학교 설립이 흐지부지되는 건 이미 정해진 수순이 아닐까 싶은데.”

지경란은 우리를 향해 여유 만만한 미소를 흘렸다.

“그럼 방송국에서 봐요. 친구들도 응원하러 올 거죠? 열흘도 안 남았으니까 준비 열심히 하고요.”

도희가 “아니, 저.” 하고 입을 열다가 기가 막힌다는 얼굴로 어쩔 줄 몰라 했다. 필우는 지글거리는 불판만 내려다보았다. 지경란은 몸을 돌리고 자기 테이블로 향했다. 지경란의 능수능란한 말에 눌려 버린 도희와 필우를 보는데 속에서 불꽃이 피어오르는 듯했다. 전철에서 민아와 겪었던 일이 떠올랐다. 민아 옆자리의 남자는 불쾌하다는 듯 일어나며 말했다. “재수 없게 진짜.”라고. 그때 나는 아무 말도 하지 못했다.

제때 응수하지 못하면 두고두고 후회하게 된다. 나는 자리에서 일어서서 지경란을 불러 세웠다.

“저기요.”

지경란이 나를 돌아보았다. 나는 목소리를 세우고 말했다.

“싸움은 쪽수가 전부가 아니죠.”

내 말에 지경란이 친절한 미소를 지어 올리며 대꾸했다.

"민주주의는 다수결의 원칙으로 돌아가는 거 아닌가요? 학교에서 대체 뭘 배우는 건지."

"다수결도 다수결 나름이죠. 그리고 토론은 일대일로 하는 거 잖아요. 저희 주장 반박하려면 준비 잘하셔야 할걸요?"

"뭐, 그렇게까지 열심히 할 일인지는."

지경란은 끈덕지게 도발하는 내게 시선을 맞췄다. 나는 허리를 세우고 또박또박 말해 버리고 말았다.

"라디오 방송 토론은 제가 나가요. 준비 단단히 하고 오세요. 아주 박살을 내 줄 테니까."

셋의 시작

―윤아 너 아까 멋있었어. 평소 말투랑 다르던데?

―뭐래. 내 평소 말투가 어땠는데?

―슴슴하지.

―슴슴? 심심? 아까는 진국이었나 보지? 멋있었냐?

―좀 멋있었어.

―좀? 난 최선을 다한 건데? 멋있어 보이려고 발버둥을 쳤다고.

―그래서 그랬구나. 어쩐지 애처롭게 멋있더라니.

―죽는다.

―살려 주세요.

지경란과 신경전을 벌였던 그 밤, 그렇게 다시 시작한 필우와의 채팅은 새벽 1시까지 이어졌다.

주말이 지나고 월요일, 오전 수업을 마치고 급식실로 향하는데 도희가 "윤아 언니!" 하고 나를 불러 세웠다. 토요일의 약속 때문이었다. 버스 정류장에서 필우를 먼저 보내고 둘이 앉아 있는데 도희가 대뜸 말했다.

"언니랑 필우 오빠랑 뭐 있죠?"

있긴 뭐가 있냐는 식으로 대답을 피했으나 도희의 추궁이 이어졌다. 나는 필우와 사귀던 시절이 있었다는 걸 털어놓았고 도희는 어쩐지, 어쩐지, 하며 눈을 가늘게 떴다.

"필우 오빠가 진짜 괜찮긴 하죠. 내 거 하려고 했는데."

도희는 농담인 듯 아닌 듯 말하더니 핸드폰을 꺼내며 말을 이었다.

"관계가 명확해졌으니, 우리 셋이 채팅방 하나 만들어요. 어때요?"

세 사람의 이름이 나란히 놓인 채팅방을 만든다는 건 새로운 관계의 시작이기도 했다. 시작된 관계가 잠시 푸르다 마는 수풀이 될지 무럭무럭 자라나 열매까지 맺는 나무가 될지는 알 수 없었다.

"채팅방?"

"언니만 좋다고 하면요. 필우 오빠한테는 물어볼 필요도 없어요."

"왜?"

"제가 아까 다 봤거든요. 필우 오빠가 틈만 나면 언니한테 시선을 떼지 못하고 바라보던걸요? 느낌이 딱 오더라고요. 채팅방 괜찮죠?"

때마침 도희가 탈 버스가 왔다. 버스 문이 열렸는데도 괜찮죠? 괜찮죠? 하고 조르듯 말하는 도희의 거듭된 요청에 나는 얼떨결에 그러자고 했다. 얼마 안 가 채팅방 초대 메시지가 떴다.

우리는 채팅방에서 집회장과 식당에서 있었던 일들을 두고 이런저런 얘기를 나누었다. 그날 우리가 나눈 대화의 마지막 문장은 월요일 점심시간에 만나 같이 밥을 먹자는 거였다.

도희는 스스럼없이 내 팔짱을 끼며 급식 줄에 섰다. 먼저 와서 빈 테이블에 자리 잡은 필우가 보였다. 도희는 내게 바짝 붙으며 말했다.

"언니, 오늘 우리 모임 만들어요."

"모임?"

모임을 만들려면 목적이 있어야 했다. 도희의 속이 궁금했다. 내가 웃기만 하자 도희가 서운하다는 듯 말했다.

"왜요? 설마 싫어요?"

"넌 어쩜 매번 두괄식이야?"

도희가 눈을 가늘게 뜨며 말했다.

"칭찬이겠죠?"

"응, 칭찬. 넌 제일 중요한 얘기나 정말 하고 싶은 얘기를 처음에 탁 꺼내 놓잖아. 어떻게 그럴 수 있지?"

도희는 과장된 몸짓으로 뒷목을 잡으며 수다를 떨었다. 이게 다 집안 내력이다, 엄마가 인권 단체 간사인데 말을 얼마나 잘하는지 모른다, 폭포처럼 쏟아지는 엄마의 말에 익사하기 전에 할 말을 꺼내 보기나 하려면 일단 지르고 봐야 한다, 등등. 나는 도희의 수다를 들으며 식판을 채웠다.

우리는 필우가 있는 식탁으로 갔다. 셋이서 같은 식탁은 두 번째였다.

도희가 앉자마자 말했다.

"필우 오빠, 아까 언니랑 얘기했는데요, 우리 모임 만들어요."

"모임? 무슨 모임?"

도희가 숟가락으로 나와 필우, 자신을 가리키며 말했다.

"비장애형제 자조 모임."

"뭐? 무슨 모임 이름이 그렇게 어려워?"

필우가 눈가를 찌푸렸다. 내가 대답했다.

"자조 모임은 스스로를 돕는 모임이라는 뜻이야. 나랑 도희는 복지관에서 그런 거 해 봐서 좀 알아."

"비장애형제는?"

나는 손가락으로 나와 도희를 번갈아 찍었다.

"우리."

필우는 그제야 아, 하는 소리를 끌며 말했다.

"장애 형제가 있는 비장애인? 그럼 나는?"

도희가 말했다.

"명예 형제 해요. 오빠는 지오 오빠랑 친하잖아요."

도희는 모임이라는 게 지나치게 폐쇄적이면 안 된다는 둥, 여지가 있어야 확장도 가능하다는 둥 그럴듯한 말을 넉살맞게 늘어놓았다.

"언니, 필우 오빠가 지오 오빠랑 집에 갈 때 보면 지오 오빠랑 그냥 대화를 한다니까요? 밥 먹었냐, 집에 가면 뭐 하냐, 나는 졸려 죽겠다, 너는 학원 안 가서 좋겠다, 이러면서요. 필우 오빠가 지오 오빠네 집에 가서 밥도 먹었대요. 그거 쉽지 않잖아요. 제가 딱 알아봤죠. 필우 오빠는 우리 일원이 될 자격이 있구나!"

"지오 집에 갔어?"

필우가 대답했다.

"지오네 집이 학교에서 가까워. 지오네 어머님이 들어오라고 해서 잠깐 들어갔는데 지오가 밥 같이 먹자고 해서."

필우와 사귀던 시절, 아빠가 필우를 집에 한번 초대하자고 했지만 나는 하지 못했다. 민아가 걸려서.

내가 물었다.

"근데 모여서 뭐 해?"

도희가 말했다.

"일단 팔자 타령부터 해야죠."

"팔자 타령?"

"우리가 사실 입장이 좀 그렇잖아요. 말이 나왔으니 말인데, 우리가 뭐 장애인 가족이 되고 싶어서 됐나요? 아니잖아요. 우리는 좀 꼬인 상태로 인생 시작한 거라고요. 솔직히 억울하지 않아요? 우리가 우리 사정 알아줘야죠. 그러니까 필우 오빠는 모임에서 우리 좀 챙겨 줘요. 우리가 우울의 삽질을 하는 거 같으면 정신 차리게 찬물 좀 끼얹어 주고요. 세상에 힘든 사람이 너희뿐이냐, 뭐 이런 식으로요."

필우가 말했다.

"명예 형제로 받아 준다면 기꺼이."

나도 말했다.

"좋아. 재미있을 것 같아."

도희는 만족스럽다는 듯 웃은 뒤 밥을 푹 떴다.

"그럼 저는 이제 밥을 먹을 테니까 언니 오빠 둘이서 모임 이름을 정해요."

도희는 바삐 숟가락을 놀렸고 나와 필우는 모임 이름을 의논했다. '헬프 써클', '같이 먹는 사이', '우리 같이', '이왕 이렇게 된 거' 같은 이름들이 나왔는데 이거다 싶은 게 없었다. 도희가 우물거리며 말했다.

"언니랑 오빠가 저 밥 먹을 동안 못 정하면 제 마음대로 정해 버릴 거예요."

필우가 물었다.

"뭘로?"

"아주 황당하고 유치하고 오글거리는 걸로요. 아니면 우리랑 하나도 안 어울리는 시커멓고 우울한 걸로요."

그 순간, 한 단어가 떠올랐다. 그 단어를 중심으로 뇌가 빠르게 회전하면서 이름의 이유가 착착 들러붙었다.

"구덩이."

필우와 도희가 나를 바라보았다.

나는 설명했다. 일단 우리 인생이 구덩이에 빠진 상태로 시작한 거 아니냐, 하고 싶은 말 구덩이에 대고 실컷 쏟아 놓은 다음에 흙 덮어 버리면 좋지 않겠느냐, 구덩이 파고 씨앗도 심고 나무도 심고 그럴 수 있는 거 아니냐, 구덩이에서 빠져나오자는 의미도 있다, 등등. 이야기를 이어 나가자 은근히 신이 났다. 말을 마치자 도희가 손뼉을 쳤다.

"언니, 진짜 좋아요. 구덩이라는 말만 들어도 이상하게 속이 후련해. 오빠 어때요?"

필우는 엄지를 세웠다. 도희가 검지로 자신을 가리키며 말했다.

"구덩이 도희."

필우도 말했다.

"구덩이 필우."

나도 말했다.

"구덩이 윤아."

그렇게 말하는데 콧등이 시큰했다. 나만의 감정은 아니었는지 도희의 눈가가 반짝였다.

필우가 말했다.

"모임 이름도 정했고, 그럼 이제 우리 뭐 하지? 팔자 타령?"

도희가 말했다.

"제가 생각해 둔 게 하나 있어요. 아마 언니 오빠도 동의하지 않을 수 없을걸요?"

구덩이 프로젝트

추석 연휴의 첫날이었다. 바람도 선선했고 하늘은 구름 한 점 없이 맑았다. 어쩐지 운이 좋을 것 같은 날이었다. 나는 집 앞에서 민아에게 핸드폰을 꺼내라고 했다.

"위치추적 앱 알지?"

민아가 고개를 끄덕였다. 실행시켜 보라고 하자 민아는 핸드폰을 만지작거리더니 화면에 지도가 배경인 앱 화면을 띄웠다. 지도에는 민아의 얼굴 아이콘과 내 얼굴 아이콘이 같은 지점에 떠 있었다.

"지금부터 혼자 프란치스코 복지관에 가는 거야. 언니가 너 어디에 있는지 확인할 거고."

나는 내 얼굴 아이콘을 가리키며 말했다.

"이건 나."

민아의 얼굴 아이콘을 가리키며 말했다.

"이건 너."

민아가 씩 웃었다.

"복지관 가서 도희 만나는 거야. 도희 만나면 아이스크림 사줄 거야. 혼자 가는 거고. 할 수 있어?"

민아는 알았다는 듯 고개를 끄덕였다. 내가 하이파이브 신호로 손바닥을 들어 보이자 민아는 내 손에 자기 손을 가만히 마주 댔다. 말은 하지 않았으나 긴장했는지 손바닥이 땀에 젖어 있었다.

"가. 버스 정류장으로. 차 조심하고."

민아는 늘 그래 왔다는 것처럼 몸을 돌려 길을 나섰다. 기꺼이 혼자서. 민아 옆으로 오토바이가 지나가서 나도 모르게 손이 움찔했다. 나는 필로티 기둥 뒤에 숨어 구덩이 채팅방에 메시지를 올렸다.

—민아 지금 출발. 다들 준비됐어?

필우와 도희에게서 답이 왔다.

—OK.

—저도요!

필우는 첫 번째 전철역에서, 도희는 두 번째 전철역에서 대기 중이었다.

—나도 지금 출발.

메시지를 올린 뒤 백팩에서 야구 모자를 꺼내어 눌러쓰고 마스크를 착용했다. 도희에게서 빌려 온 점퍼까지 입고 골목에서 나오자 건물 모퉁이로 사라지는 민아의 뒷모습이 보였다. 나는 거리를 두고 민아 뒤를 쫓았다.

프란치스코 복지관까지 가려면 버스를 타고 전철역 근처에서 내린 뒤 전철로 갈아타야 했다. 중간에 다른 노선의 전철로 한 번 갈아탄 다음 세 정거장 뒤에 내려서 복지관까지 걸어가야 했다. 정리하면 총 5단계였다.

1) 집에서 버스 정류장까지 걸어서 이동
2) 버스 정류장에서 전철역까지 버스 타고 이동
3) 전철역에서 환승역까지 전철로 이동
4) 환승역에서 도착역까지 전철로 이동
5) 도착역에서 복지관까지 걸어서 이동

소요 시간은 대략 50분이었다.

사흘 전 학교에서의 점심시간, 도희는 구덩이의 첫 번째 미션으로 '자립 프로젝트 1: 민아 혼자 복지관 가기'를 제안했다.

"언니, 오빠, 생각을 해 봐요. 우리가 좀 가뿐하게 살려면 어떻게 해야겠어요? 우리의 사랑하는 웬수 같은 형제들이 혼자 뭘

할 줄 알아야 해요. 얘들도 세상에 태어났으니 제 몫을 하며 살아야 하지 않겠느냐고요."

도희는 복지관이랑 언어 치료실 가는 것보다 이게 훨씬 더 중요하다며 아빠에게도 허락을 받자고 했다. 곧 이사 갈 텐데 굳이 지금 이 연습을 해야 하느냐는 내 말에 도희는 단호한 얼굴로 말했다.

"결심 섰을 때 타다닥 해치우는 거죠. 익숙한 곳에서 시작하는 게 좋아요. 무엇보다 민아에게 필요한 건 성공의 경험이라고요."

맞는 말이었지만 과연 가능할까 싶었다.

민아는 자립할 수 있을까. 어른이 된 민아를 생각하면 난감한 기분이 되어 버리곤 했다. 말 한마디 제대로 하지 못하는 민아가 직업을 갖는 게 가능할까? 주민센터에 가서 처리해야 할 일들을 해낼 수 있을까? 집에 덩그러니 남겨져 매일을 지내게 되면 어쩌지? 장애인 시설에서 평생을 살아가게 된다면? 나쁜 사람이 민아를 이용해 사기를 치면 어쩌나, 하는 생각으로 번지면 이루 말할 수 없이 착잡했다.

자립이 가능할지 불가능할지 알 수 없었지만 민아 혼자 할 수 있는 것을 최대한 늘려야 했다. 민아 혼자 복지관에 갔다가 오는 것은 손미현 선생님도 강조했던 것이었다. 혼자 대중교통을 이용할 수 있느냐, 없느냐가 자립의 중요한 기준이 된다고 했다. 맞는 말이었으나 쉽지 않았다. 아빠와 2년 전 시도해 보았는데 결과는 좋지 않았다. 그것도 아주 많이.

그때 민아는 내려야 할 버스 정류장에서 내리지 못했고 소리를 지르며 울고 말았다. 차를 몰고 버스 뒤를 쫓던 아빠는 민아가 내리지 않자 민아에게 전화를 걸었다. 핸드폰 너머에서 들려오는 소리는 아이처럼 울부짖는 민아의 목소리뿐이었다. 핸드폰은 둔탁한 소리와 함께 그대로 끊겼고 그 뒤로는 전화를 걸어도 받지 않았다.

아빠는 버스를 앞지르려다가 당황한 나머지 다른 차와 접촉 사고를 냈다. 아빠는 허둥거리며 상대 차량 운전자에게 사정이 있어서 나중에 전화를 드리겠다고 했다. 뺑소니를 의심하는 운전자에게 현금과 신용카드와 신분증이 들어 있는 지갑을 맡긴 뒤 아빠는 간신히 한참 앞서간 버스를 따라잡았다.

민아는 버스 안에 없었다. 그사이 어디에선가 내려 버린 것이었다. 버스 운전사는 사람이 너무 많이 타고 내려서 어떻게 된 건지 모르겠다고 했다. 아빠가 발견한 건 내리는 문 앞에 떨어진 민아의 핸드폰뿐이었다. 아빠는 정신 나간 사람처럼 민아를 찾아 뛰어다녔다.

천만다행히도 민아는 지난 버스 정류장에 우두커니 서서 낮은 소리로 울고 있었다. 우리 셋 다 기진맥진해서 차를 세워 놓은 곳으로 돌아갔는데 차가 없었다. 도로 앞 편의점에 가서 여기 세워둔 차 못 봤느냐고 묻자 편의점 주인은 냉담한 목소리로 말했다.

"거기 차 세우는 데 아녜요."

불법주차로 신고당해 견인되었다는 말이었다. 아빠는 아무 말도 하지 않고 하늘을 올려다보며 가만히 서 있었다. 아빠 옆에서 그 광경을 모두 지켜보았던 나는 기가 막혀서 그 자리에 주저앉아 울고 말았다.

구덩이와 함께하는 '민아 혼자 복지관 가기'는 오늘로 세 번째 시도였다.

첫날, 버스 정류장에서 혼자 버스에 오르려던 민아는 밀려드는 사람들 틈에서 어쩔 줄 몰라 하며 버스를 두 대나 놓쳤다. 세 번째 버스에 올라탄 뒤 전철역에서 내려야 하는데 사람이 많아서 제때 내리지 못했다. 민아는 창밖을 바라보며 흥얼거리는 소리로 울먹였다. 버스 구석에 숨어 있던 나는 짜잔, 하고 나타나 민아를 데리고 다음 정류장에 내렸다.

2차 시도를 하던 날, 민아는 가르쳐 준 대로 버스에 요령껏 올랐다. 나는 뒷문으로 탄 뒤 뒷자리에 앉아 있었다. 민아는 버스에 탄 시간 내내 내가 어디에 있는지 찾고 또 찾았다. 변장을 한다고 했는데 민아는 나를 잘도 알아보았다. 내 옆자리에 앉아 좋아라하는 민아를 데리고 다음 정류장에서 내린 뒤 다시 혼자 태워 보냈다. 민아는 전철역 앞 정류장에서 내린 다음 지하철역으로 들어섰으나 그만 반대편 전철에 타고 말았다. 전철역에서 따라붙었던 필우가 민아를 데리고 다시 돌아왔고 또다시 민아를 혼자 보냈다. 민아는 내려야 할 곳에 잘 내렸으나 환승 통로를 찾지 못해 우왕좌왕했다. 두 번째 전철역에 있던 도희는 민아를 데리고 복지관에 들렀다가 함께 집으로 돌아왔다.

오늘이 3차 시도였다.

민아는 초록 신호등에 건널목을 건넜고 다른 길로 빠지지 않고 버스 정류장에 당도했다. 민아가 타고 가야 할 버스가 정류장으로 들어오고 있었다. 이번에도 차 안에는 사람이 많았고 타려는 사람도 많았으나 민아는 용케 버스에 잘 올라탔다. 나는 민아가 무사히 버스에 탄 것을 확인한 뒤 채팅방에 메시지를 올렸다.

―탑승 성공.

그 메시지 아래로 필우의 메시지가 떴다.

―나만 믿어.

전철역 앞 버스 정류장에서 민아가 내리지 않으면 필우가 버스에 올라 민아를 데리고 내릴 것이었다. 제대로 내리면 필우는 민아를 뒤따라가 전철을 제대로 타는지 확인한다. 환승역부터 프란치스코 복지관까지는 도희의 몫이었다.

민아를 태운 버스가 출발한 뒤 나도 그다음 버스에 탔다. 민아의 핸드폰 위치추적 앱은 이상 없이 작동했다. 숨을 쉬는 것처럼 점멸하는 민아의 아이콘이 도로를 따라 전철역으로 이동했다. 잠시 뒤, 필우의 메시지가 떴다.

—민아 하차 성공.

내가 탄 버스가 전철역에 도착할 즈음 필우의 메시지가 다시 떴다.

—민아 전철 탑승 성공.

전철역 앞 버스 정류장에서 내렸다. 지하철역에서 나온 필우가 내 표정을 보고는 미소를 건네며 말했다.

"잘할 거야. 민아가 한 번 한 실수는 반복하지 않는 것 같더라."

그 말을 믿고 싶었다. 나는 핸드폰의 위치추적 앱을 내려다보며 민아의 위치를 확인했다. 민아가 오늘의 도전에 성공하면 아빠가 웃을 것이었다. 민아의 성공이 우리 상황을 단박에 바꿀 수는 없지만 지금 우리 집에 필요한 건 좋은 일이었다. 함께 기뻐할 수 있는 좋은 일.

전철역 주변에는 구청장 선거를 알리는 플래카드와 선거 벽보가 붙어 있었다. 공식 선거운동에 추석 연휴까지 겹친 탓인지 거리 분위기가 평소보다 들떠 있었다.

국회의원 세 명과 군수 세 명, 구청장 한 명을 뽑는 이번 보궐선거는 전에 없이 뜨겁다고 했다. 문득, 구청장 선거가 박빙이라던 지경란의 말이 떠올랐다. 선거가 끝나면 특수학교 설립은 흐지부지될 거라는 말도 함께.

필우가 물었다.

"여기 기억나?"

나는 쓴웃음을 지으며 고개를 끄덕였다. 재작년 겨울밤, 우리는 이 자리에서 헤어졌다. 필우가 다시 물었다.

"뭐 하나 물어봐도 돼?"

내가 이번에도 고개를 끄덕이자 필우가 운동화로 땅을 콕콕 차다가 입을 열었다.

"그때 우리 왜 헤어진 거야?"

웃음이 났다.

"그때 생각을 지금도 해? 거의 2년 전인데?"

"기가 막히고 억울했던 게 지금도 생생하다고."

나는 거리에 시선을 두고 입을 열었다.

"싫어져서 헤어진 거잖아."

"그러니까 왜 싫어진 거냐고. 문제가 있으면 해결을 하자고 내가 그랬잖아. 그때 네가 뭐라고 했는지 알아?"

나도 기억하고 있었다. 헤어지려는 결심을 굳히려고 일부러 더 독하게 말했다.

"내가 뭐라고 했는데?"

필우는 내 말투를 흉내 내며 말했다.

"넌 문제가 뭔지도 모르잖아."

우리는 같이 웃고 말았다.

헤어질 생각을 하게 된 계기는 어찌 보면 사소했다. 필우는 어느 음식점을 갈지 고를 때, 무엇을 먹을지 고민할 때, 이따금 앓는 소리를 내듯 말했다.

"나 결정 장애가 있나 봐."

평소에 친구들 사이에서 듣던 말이었지만 필우의 입으로 들으니 마음이 상했다. 필우는 길거리에서 목소리를 높여 싸우는 사람을 보다가 이렇게 말하기도 했다.

"저 사람은 아무래도 분노조절 장애가 있는 것 같다."

발달 장애가 있는 남자가 지나가면 필우는 나를 보호하겠다는 것처럼 내 어깨를 감싸며 그 남자와 거리를 두었다. 대형마트에 갔을 때는 맞은편에서 걸어오는 시각 장애인 아주머니를 보며 걱정 섞인 투로 말한 적도 있었다.

"혼자 다니시기엔 위험하지 않나?"

그날 마트의 생선 코너 앞에서 나는 필우에게 정색을 하고 말했다. 내 동생이 어떤지 알지 않느냐고, 말과 행동을 조심해 주면 좋겠다고. 필우는 처음에 내가 무슨 말을 하는지 알아듣지 못했다. 내가 구체적인 예를 들어 주자 그제야 무슨 소리인지 이해했다고 했다.

이해한 것 같았으나 고쳐지지는 않았다. 평소에도 필우는 민아를 만나거나 민아 이야기가 나오면 안타까워하는 눈빛과 연민 어린 표정으로 나를 대하기도 했다. 그때마다 나는 잡친 기분을 어쩌지 못해 다른 말로 필우의 신경을 긁었다. 필우와 나 사이에 불편한 침묵이 감도는 순간이 반복되자 필우를 향한 마음이 서서히 빛을 잃어 갔다.

결별의 방아쇠가 된 건 필우, 나, 민아가 함께 옷을 사러 시장에 간 일이었다. 중고등학생들 옷을 싸게 파는 시장이었는데 필우는 민아에게 잘해 준답시고 넘치도록 친절하게 굴었다. 민아를 지나치게 보호하려 들고 자꾸만 가르치려 들었다. 민아는 필우의 간섭을 불편해했고 필우는 필우대로 답답해했다. 민아가 점심 먹으러 들어간 식당에서 칭얼거리다 울음을 터트렸을 때, 나는 필우에게서 보고 말았다. 민아를 지겨워하고 답답해했던 내 얼굴을.

그때 우리가 왜 헤어진 거냐고 묻는 필우의 말에 무어라 답을 해야 할까. 내 낯빛이 어두워졌기 때문일까, 필우가 내 어깨를 툭 치며 가볍게 말했다.

"됐어. 옛날 일이야. 지난 일."

나는 어색하게 웃으며 고개를 끄덕였다. 헤어진 게 지난 일인

건 맞았다. 문제는 우리가 다시 그 시절로 돌아가고 싶어 한다는 것이었다. 그러므로 그때 우리가 헤어졌던 이유는 현재로 당겨와 다시 곱씹어야 하는 것이었다.

그때, 핸드폰으로 도희의 메시지가 들어왔다.

—거의 도착했어요.

나는 곧바로 민아의 위치를 확인했다. 민아의 아이콘이 목적지인 복지관에 가까워져 가고 있었다. 차분하고 당당하게 목적지와 거리를 좁히는 민아의 아이콘을 지켜보는데 가슴이 벅차올랐다. 거의 당도했다 싶은 그때, 벨소리가 울리면서 화면에 도희의 이름이 떴다. 나는 다급히 전화를 받았다.

"민아는? 복지관에 잘 도착했어?"

"내가 뭐랬어요. 민아도 혼자 할 수 있다니까요! 민아, 잘했어!"

도희의 말 뒤로 힘차게 손바닥 마주치는 소리가 들렸다.

"만세!"

필우가 외쳤다.

핸드폰 너머의 도희도 우리와 함께 "만세!" 하고 소리쳤다. 지나가던 사람들이 눈길을 주었으나 차오른 감격과 흥분을 감출 수 없었다.

학원에 있을 아빠에게 전화를 걸었다. 보강 수업 중이었는지 전화는 통화로 연결되지 않았다. 아빠에게 이 소식을 바로 전할 수 없어서 아쉬웠다. 벙글거릴 아빠를 생각하니 가슴이 벅차도록 뿌듯했다. 나는 아빠에게 메시지를 보냈다.

　─오늘 집에 올 때 피자 사 오세요. 민아가 정말 대단한 일을 해냈거든요.

서로에게 한 걸음 더

"지금 이 방송을 들으시는 청취자들 앞에서 말씀을 해 보시죠, 강윤아 학생. 특수학교를 꼭 이곳에 지어야 하는 특별한 이유가 있습니까?"

"지경란 사무국장님, 아까도 말씀드렸을 텐데요. 원래 짓기로 했잖아요. 계획대로 해야죠."

"강윤아 학생, 세상일이 모두 계획대로 되는 건 아니랍니다. 어른들의 세상은 학교 시간표처럼 굴러가지 않아요."

"다른 곳에 가야 할 특별한 이유는 뭐죠?"

"답답하네요. 우리의 경제적 손실, 우리의 염려, 우리의 스트레스가 그 이유예요. 이보다 분명한 이유가 대체 어디에 있단 말입니까? 지금 강윤아 학생은 너무 준비가 안 되어 있어요. 이래서는 제가 박살 나지 않을 것 같은데요."

깨고 보니 꿈이었다. 꿈속에서 나는 방송국 스튜디오에서 지경란과 토론을 하고 있었다. 침대에서 몸을 일으키는데 꿈을 꾸면서도 온몸에 힘을 주었던 건지 뻐근하지 않은 곳이 없었다.

오늘은 추석 연휴 마지막 날이었다. 라디오 방송 토론은 내일이었다. 지난 일주일 동안 나름대로 준비했으나 막상 날짜가 다가오자 초조하고 불안했다. 밤에 자다가도 일어나서 핸드폰을 켜고 해야 할 말을 적어 보기도 했다.

아침 9시. 잠을 설친 탓에 늦게 일어났다. 주방에서 아빠와 민아가 아침 식사를 준비하는 소리가 들렸다. 오늘은 10시 반에 구덩이 모임이 있었다.

구덩이는 추석 연휴 때도 줄곧 모였다. 셋 다 추석 당일을 제외하고는 특별히 멀리 가는 일정이 없었다. 우리는 스터디카페에서 만나 공부도 하고 수다도 떨고 동네 맛집을 찾아다녔다. 중간고사를 대비해야 한다는 압박감이 있었지만 공부를 하려고 해도 집중이 잘되지 않았다. 토론도 토론이었지만 진짜 이유는 박진이었다. 박진을 만난 뒤부터 이따금 불길한 기분에 휩싸이곤했다.

돈은 좀 남았나?

교회에서 들은 그의 말을 떠올릴 때마다 마음이 오그라들었다. 돈이라니. 대체 무슨 돈. 아빠가 누군가에게 빚을 진 걸까? 사기를 당했나? 교회에서 박진을 만났다고 했을 때, 아빠는 미간을 좁히며 나를 쳐다보았다. 내게 괜찮냐고 묻는 아빠의 눈 속에 스며 있는 건 걱정과 두려움이었다.

집에 있으면 심란했다. 나는 외출 준비를 마치고 도희와 필우를 만나러 집을 나섰다. 오늘 모임 장소는 학교 앞 무인카페였다.

무인카페에는 아무도 없었다. 우리는 내일 있을 라디오 방송 토론을 준비했다. 도희와 필우가 지경란 역할을 맡아 내게 예상 질문을 던졌다. 둘 다 비아냥거리는 연기가 제대로여서 몇 번은 정말로 화가 났다.

토론 연습을 마친 뒤, 필우가 말했다.

"이번에는 도희 차례 아닌가? 자립 미션."

내가 필우의 말을 받았다.

"그러네. 이번에는 도희 차례네."

"자, 구덩이에 빠진 도희. 리호 얘기 좀 해 보지?"

필우가 능치듯 말했다. 가볍게 시작한 말이었지만 그다음은 쉽지 않았다. 자립을 위해 무엇을 해야 할지 의논하려면 우리의 형제에 대해 이야기해야 했다. 그 과정은 우리의 삶을 송두리째 공개하는 것이나 다름없었다. 처음에는 그런 것인 줄 몰랐다. 민아의 부족한 점을 이야기하고 대책을 세우면 그만일 거라고 생각했는데 성장 과정을 이야기하지 않을 수 없었다. 초등학교 3학년

때 엄마가 돌아가신 이야기를 할 때부터는 울음이 터졌다.

등받이에 비스듬히 등을 기대어 앉은 도희는 초점 없이 컵 속에서 녹아 가는 얼음을 바라보았다.

"우리 리호는요, 한마디로."

도희는 검지를 좌우로 흔들며 입을 열었다.

"답이 없어요."

도희의 표정이 급작스레 어두워졌다. 리호는 도희와 여섯 살 차이였다. 미숙아로 태어나 인큐베이터에 있던 리호를 보았던 일부터 리호의 뇌성마비가 확실시 되어 가던 때의 집안 분위기, 리호를 치료하기 위해 병원을 전전하던 이야기를 도희는 단조로운 목소리로 털어놓았다.

"솔직히 자립이 어느 정도까지 가능한지 저도 잘 모르겠어요. 리호는 이동하려면 늘 휠체어를 타야 해요. 혼자서 밥을 먹을 수도 없고 혼자서 화장실에 갈 수도 없어요. 말도 못해서 AAC 의사소통판으로 겨우 하고 싶은 말을 전해요. 가끔 발작을 일으키는데 그런 모습을 보면 저는 아직도 무서워요. 지난달에는 밥 먹다가 기도가 막혀서 정말 죽을 뻔했는데……."

거기까지 말하고 도희는 허공을 응시했다. 우리는 아무 말도 하지 못했다. 얼음이 담긴 자몽에이드를 들이켜고 나서도 도희는 다음 말을 잇지 못했다. 마치 다른 세계에 머물러 있는 것처럼.

나는 낮은 목소리로 도희를 불렀다.

"도희야."

도희는 나를 쳐다보았다. 웃고 있는 도희의 두 눈에서 눈물이 흘렀다. 나는 도희 옆으로 자리를 옮겨 도희를 끌어안았다. 도희가 끝맺지 못한 말이 무엇인지 알 것 같았다.

10년도 더 된 기억이었다. 설날을 준비하는 사람들로 붐비는 마트에서 엄마와 나는 민아를 잃어버렸다. 마트 전체에 민아를 찾는 방송이 흘렀고 엄마는 혼이 나가 민아를 찾아다녔다. 엄마의 뒤를 따라다니면서 내 마음에서 피어오른 생각을 나는 지금도 기억하고 있었다.

이대로 민아를 잃어버렸으면.

그러면 모든 게 좋아질 것 아닌가. 엄마와 아빠가 싸우는 일도, 민아가 새끼손가락만 한 나무 블록을 잃어버렸다고 울고불고 떼쓰는 것도, 치료실 앞에 앉아 두 시간씩 무료한 시간을 보내는 것도, 엄마가 민아만 바라보는 것도, 식사 메뉴가 민아가 좋아하는 것들로 채워지는 것도, 다른 아이들이 나와 민아를 보며 수군거리는 것과 어른들이 나를 딱하다는 듯 쳐다보는 것도 다 끝날 것이 아닌가. 내 친구들은 겪지 않는 이 모든 일들이 민아를 잃어버리는 것 하나로 끝날 수 있는 것 아닌가.

필우는 조용히 무인카페 밖으로 나갔다. 흥겨운 음악이 흐르는 카페에 흐느껴 우는 소리가 낮게 깔렸다. 아무도 없어서 다행이었다.

울음은 결국 잦아들었다. 도희와 나는 눈가를 닦으며 서로를 보고 웃었다. 그때 필우가 카페 문을 열고 큰 소리로 말했다.

"먹자. 맛있는 거. 엄청 매운 떡볶이!"

도희가 좋아하는 거였다.

우리는 "가자! 떡볶이!" 하며 무인카페를 나왔다. 떡볶이집으로 향하면서 필우가 기운차게 말했다.

"다음에 도희네 집에 놀러 가자. 리호랑 같이 노는 거야. 서로가 서로를 아는 게 먼저니까, 차근차근. 리호가 내켜 하면 휠체어 밀면서 산책도 하자. 어때?"

"좋아요!"

함께 울고 해야 할 일에 대해 이야기를 나누고 나자 힘이 솟았다. 나아진 나의 모습이 마음에 들었다. 무엇이든 할 수 있을 것 같았다. 라디오 방송 토론도, 민아를 돌보는 것도, 중간고사 시험도 잘 치를 수 있을 것 같았다.

구덩이와 헤어져 정류장에 서 있는데 가을바람에 흩어진 머리칼이 목덜미를 간지럽혔다. 귀밑으로 스며든 시원한 기운 덕분에 마음이 한결 가붓해졌다.

차근차근. 필우가 한 말을 속으로 따라 해 보았다. 문득 아빠

생각이 났다. 아빠는 지금 어쩌고 있을까. 앞으로는 어떻게 될까. 건강을 되찾을 수 있을까. 박진이 원한을 품고 해코지하려 드는 것도 분명했다.

나에게 구덩이가 있듯이 아빠에게도 무언가가 있어야 했다. 아빠를 알고 아빠와 함께하는 사람이 있어야 했다. 나는 집으로 가는 버스를 보내고 다른 버스를 탔다. 행선지는 연희 아줌마의 카페 봄볕이었다.

처음부터 연희 아줌마가 좋았던 것은 아니었다. 연희 아줌마를 만나고 한층 밝아진 아빠를 보면 다행이다 싶다가도 어쩔 수 없이 엄마를 떠올리곤 했다. 연희 아줌마 앞에서 예의 바르게 행동하긴 했지만 우리 사이에 탁한 빛깔의 유리 벽이 있다는 건 연희 아줌마도, 나도 알고 있었다. 그 벽은 재작년 민아의 생일 때 있었던 일을 계기로 조금씩 허물어져 갔다.

연희 아줌마와 우리 셋은 집에서 생일 파티를 열었다. 생일 축하 노래를 부르고 케이크를 자르고 외식하러 가는 일정이었다. 그런데 생일 축하 노래를 부르다 말고 민아가 거뭇해진 얼굴로 인상을 쓰더니 화장실로 들어가 버렸다. 아빠는 어색하게 웃으며 민아에게 변비가 있다고 했다. 민아는 어렸을 때부터 장이 좋지 않았다.

화장실에 들어간 민아는 아무리 기다려도 나오지 않았다. 화장실에서는 용을 쓰는 민아의 신음 소리만 크게 들려왔다. 처음에는 어색하게 웃던 연희 아줌마도 신음 소리가 점점 더 괴롭게 이어지자 걱정스러운 표정으로 아빠를 쳐다보았다. 아빠는 화장실 문 앞에서 어쩔 줄 몰라 했다.

평소에도 민아가 화장실에 오래 있기는 했지만 이런 상황은 처음이었다. 나는 화장실 문을 살짝 열고 민아를 살폈다. 화장실 문틈으로 본 광경은 언니인 나조차도 당혹스러울 지경이었다.

민아는 변기 위에 앉아 몸을 비틀며 배변을 하기 위해 용을 쓰고 있었다. 얼굴이 땀범벅이었다. 풍기는 냄새도 이루 말할 수 없이 고약했다. 때마침 민아는 생리를 시작한 상황이어서 변기 상태도 말이 아니었다. 벌게진 얼굴로 고통스러운 신음을 토하는 민아를 두고 나는 문을 닫고 말았다. 닫힌 문 너머에서 민아가 울음을 터트렸다.

연희 아줌마가 내게 다가와 말했다.

"내가 좀 봐도 될까?"

나는 어찌할 바를 몰라 연희 아줌마의 얼굴을 바라만 보았다. 아줌마는 화장실 문을 두드린 뒤, "민아야, 잠깐 문 조금만 열게." 하고는 안을 살며시 들여다보았다. 나는 그만 얼굴이 홧홧하게 달아오르고 말았다.

연희 아줌마가 문을 닫고 말했다.

"윤아 너 놀랐겠다."

나는 아무 말도 하지 못했다. 연희 아줌마는 잠시 생각하다가 나와 아빠에게 말했다.

"내가 해결해도 되겠죠?"

나는 아빠를 쳐다보았고 아빠는 고개를 끄덕였다. 연희 아줌마는 옷소매를 걷어 올리며 내게 말했다.

"마스크 하나 줄래? 혹시 손에 착 달라붙는 라텍스 장갑 있어?"

마스크는 있었지만 그런 장갑은 없었다. 연희 아줌마는 비닐장갑이라도 상관없다고 했다. 아빠가 미안함과 고마움이 교차하는 복잡한 표정으로 주방에서 일회용 비닐장갑을 갖다주었다. 연희 아줌마는 장갑에 식용유를 바른 뒤 화장실로 들어가 문을 닫았다. 아줌마가 민아를 어르고 달래는 소리가 들렸다. 몇 번 울고 용을 쓰는 소리가 들리더니 거짓말처럼 화장실 안이 잠잠해졌다. 물 내려가는 소리가 지나간 뒤, 나는 화장실 문틈으로 안을 들여다보았다.

변기 위에 앉은 민아는 연희 아줌마를 끌어안은 채 축 늘어져 있었다. 땀에 젖은 머리칼이 미역처럼 민아의 뺨에 들러붙어 있었다. 바닥에는 뒤집어 묶여 깔끔하게 정리된 비닐장갑이 놓여 있었다. 항문에 박혀 있던 대변을 장갑 낀 손으로 파낸 것이었다.

아줌마는 민아의 등을 두드리고 쓸며 말했다.

"우리 민아, 너무 힘들었지. 이젠 괜찮아. 다 괜찮아. 수고했어. 정말 애썼어. 아주 잘했어."

나는 내 방으로 들어가 문을 닫았다. 이를 악물고 난데없이 덮쳐든 감정을 말없이 견뎠다. 연희 아줌마의 어깨에 얹힌 민아의 탈진한 얼굴과 연희 아줌마의 뺨으로 흐르던 땀줄기가 눈에 어른거렸다.

"자기가 뭔데. 대체 뭔데."

그렇게 중얼거리는데 느닷없이 어깨가 들썩였다. 나는 문에 등을 기대고 앉아 두 손으로 얼굴을 덮었다.

연휴 마지막 날이라서일까. 카페에 손님은 많지 않았다. 커피색 앞치마를 두르고 동그란 안경을 쓴 연희 아줌마가 육중한 은색 에스프레소 머신 앞에서 흰 김을 피워 올리며 무언가를 만들고 있었다. 그사이 어깨 아래까지 내려왔던 머리칼은 단발이 되었다.

머리칼을 자르고 안경을 쓴 연희 아줌마는 좀 더 나이 들어 보였고 지친 느낌이었다. 나는 카페를 등지고 서서 이게 최선인지, 연희 아줌마와 아빠 사이에 내가 끼어드는 게 맞는 것인지, 정말로 현명한 행동인지, 이기적인 것은 아닌지 다시 한번 생각해 보았다.

거리는 한산했다. 선거 플래카드가 가을바람을 타고 팔랑이는 것도, 가족으로 보이는 사람들의 모습도, 내 앞을 지나가는 배달 오토바이의 전기 모터음과 카페 봄볕에서 흘러나오는 커피와 빵 냄새도, 야속하도록 안온했다.

나는 몸을 돌려 카페 문을 열고 안으로 들어섰다. 에스프레소 머신 너머에서 연희 아줌마가 놀란 얼굴로 나를 쳐다보았다. 나는 고개를 숙여 인사했다. 의식하지 않았는데도 손이 앞으로 모였다.

"오랜만이구나. 정말."

"네."

"잘 있었어? 민아는?"

"그럭저럭요."

"앉을래?"

나는 연희 아줌마가 권하는 창가 자리에 앉았다. 아줌마는 뭘 좀 내오겠다며 주문대로 갔다. 테이블과 선반의 위치가 기억과 달랐지만 창가 아래에 놓인 작은 야자 화분은 눈에 익었다.

하얀 화분 아래에 적힌 아빠와 나, 민아의 이름이 보였다. 우리가 연희 아줌마 생일에 선물한 것이었다. 봄과 여름 사이에 꽃이 핀다고 했는데 나는 아직 그 꽃을 본 적이 없었다. 어떻게 생긴 꽃일까.

연희 아줌마는 애플민트티와 커피, 쿠키를 테이블에 내려놓으며 내 앞에 앉았다.

"민아는 잘 있고?"

두 번째 묻는 말이었다.

"네 늘 뭐……. 그런데 안경 쓰셨네요?"

연희 아줌마는 안경을 벗고 손등으로 눈두덩을 눌렀다.

"요즘 시력이 많이 떨어졌어. 안경을 세 개 맞춰서 번갈아 가면서 쓴다."

"세 개나요?"

"평소에 쓰는 거 하나, 책 볼 때 쓰는 거 하나, 운전할 때 쓰는 거 하나. 다초점 안경으로 바꿔야 하나 봐."

대화는 거기에서 끊겼다. 우리는 둘 다 다음 말을 잇지 못하고 잔을 만지작거렸다. 나는 연희 아줌마의 얼굴을 흘끗거렸다. 옅은 화장 아래로 예전에는 보지 못했던 잔주름이 눈에 들어왔다.

"애플민트티 아직도 좋아하니?"

"네……. 잘 지내세요?"

연희 아줌마는 웃음을 지으며 창밖을 바라보았다. 지난 일들을 되새기는 것처럼 보이기도 했으나 가붓한 느낌도 전해졌다. 홀가분해 보이는 연희 아줌마가 부럽기도 하고 왠지 속상하기도 했다.

"너는 어떠니?"

"그냥 그렇죠 뭐."

"아빠는 좀 어떠셔? 건강은 나아지셨어?"

"안 좋으세요. 자가면역 질환 같다는데 병명도 정확하지 않고요."

"식사는?"

"그럭저럭요."

"요즘도 요리 자주 하셔?"

"가끔요."

연희 아줌마는 후후, 웃으며 말했다.

"너희 아빠가 요리를 잘하시지."

"아빠한테 아줌마 어떻게 지내는지 아냐고 물어봤는데 아무 말도 안 해요."

연희 아줌마는 호로록 소리를 내며 커피를 마시고는 등받이에 등을 기댔다.

"하여간 사람이 지나쳐. 아무 말도 안 할 건 또 뭐니?"

"아빠랑 안 좋게 헤어지신 건 아닌가 봐요."

일부러 넘겨짚듯 물었다. 그렇게 물으면 연희 아줌마가 먼저 이야기를 꺼내 줄 것 같아서. 하지만 연희 아줌마는 잔을 만지작거릴 뿐 이렇다 할 반응을 보이지 않았다. 결국 다시 입을 연 건 나였다.

"아빠가 아줌마에게 헤어지자고 했다고 들었어요. 짐이 되고 싶지 않아서 그랬다고요."

연희 아줌마의 눈썹이 움찔거렸다. 무엇에 찔리기라도 한 것처럼. 나는 찻잔을 내려다보며 아줌마의 말을 기다렸다. 대답이 어디로 흐를지 알 수가 없어 불안했다. 연희 아줌마는 무엇을 생각하는지 뜸을 들이다 나지막이 말했다.

"알고 있지? 아줌마한테 딸이 있다는 거."

무릎 위에 올려 둔 손이 움찔거렸다.

"내년 초에 호주에서 돌아올 것 같아. 여기에서 직장을 찾아 보겠다면서 지금 다니는 대학도 그만두겠대. 돌아오면 같이 살 자는데."

갑자기 얼굴에 열이 확 올랐다. 내가 이기적이었다는 생각에 미안했고, 염치없는 배신감이 들어 당혹스러웠다. 맞다. 아줌마에게는 딸이 있었다. 우리에게 필요한 사람이기 이전에, 아줌마에게는 아줌마의 삶이 있었다.

"어떤 것도 쉬운 게 없지. 나는 애한테 늘 미안해. 너, 이혼이 얼마나 힘든지 아니?"

연희 아줌마가 돌연 명랑하게 물었다. 내 당혹감을 감싸 주려는 말이었다. 나는 얼른 아줌마와 목소리 톤을 맞췄다.

"많이 힘들어요?"

"말도 마. 너는 결혼 신중하게 잘해야 해."

연희 아줌마와 스스럼없이 대화를 나누던 때가 떠올랐다. 나는 아줌마가 솔직히 이야기하는 사람이어서 좋았다.

"어떻게 하는 게 잘하는 건데요? 조건 잘 따져요?"

음…… 하고 말을 끌던 연희 아줌마는 인생이 내 맘대로 되는 건 아니지만, 하며 말을 이었다.

"일단 내가 나를 잘 알아야 해."

"그리고요?"

"세상도 잘 알아야 하지."

"그런 다음에는요?"

"사랑하는 사람과 결혼하는 거야."

"사랑요? 그런 거 나중에 다 식는다고 하던데요?"

"뭘 모르는 소리. 진짜 사랑은 숭고하고 아름다운 거야."

나는 어릴 때 엄마와 아빠가 민아 문제로 싸우던 모습을 떠올렸다. 거기에 어떤 숭고함이나 아름다움은 없었다. 연희 아줌마는 한쪽 눈을 찡긋하며 입을 열었다.

"상대에게 진심으로 실망할 수도 있어. 상대가 정말로 미울 수도 있지. 하지만 진짜 사랑은 그런 것도 필요해."

살아오며 어렴풋이 느꼈던 것들이 연희 아줌마의 말로 잔잔히 정리되는 듯했다. 역시 연희 아줌마는 좋은 사람이었다.

"아빠를 어떻게 생각하세요?"

연희 아줌마는 나를 부드러운 눈으로 바라보다가 웃으며 대답했다.

"사랑하지. 나는 너도 좋고 민아도 좋아."

나는 찻잔을 들어 애플민트티를 조금 마셨다. 가슴을 따라 따듯한 기운이 번져 갔다.

"너희 아빠가 헤어지자면서 내게 했던 말이 뭔지 아니?"

어쩐지 아빠가 했을 말이 무엇인지 알 것 같았다. 연희 아줌마가 아빠를 흉내 내며 말했다.

"당신은 당신 갈 길을 가면 됩니다."

나는 조금 웃고 말았다. 아빠가 내게도 했던 말이었다.

넌 네 길을 가면 돼.

민아는 아빠가 책임질 테니 나는 내가 원하는 대로 살라는 말. 하지만 어떻게 그럴 수 있단 말인가. 아마도 아빠의 끝은 민아보다도, 나보다도 빠를 텐데.

아빠는 내게 기대하고 있을지도 몰랐다. 은근히, 어쩔 수 없이, 내가 민아를 돌봐 주기를. 나중에도 민아와 함께 살아가 주기를. 내게 말하지 못하는 아빠의 진짜 마음이 따로 있을 것 같아 부담스러울 때도 여러 번이었다. 부담감이 죄책감으로 이어지며 변명 같은 문장이 시작되려다 말았다. 미안하고 억울한 마음에 제대로 시작도 못 하는 반의반의 문장들. 하지만 나는, 그렇지만 나는, 왜 나는, 같은.

"어떻게 하실 거예요?"

연희 아줌마는 핸드폰을 내게 내밀었다. 핸드폰 바탕화면은 시드니 오페라 하우스를 배경으로 찍은 여자 사진이었다. 배낭을 메고 있는 긴 머리칼의 여자는 연희 아줌마의 젊은 시절이 연상되는 사람이었다.

"이름은 김수영이야. 예쁘지?"

예뻤다. 나는 강윤아. 아줌마 딸의 이름은 김수영. 나보다 서너 살쯤 많아 보이는 사람. 연희 아줌마를 필요로 하는 그 사람이 내년에는 호주에서 한국으로 들어온다고 했다.

짓궂은 눈짓을 보내며 연희 아줌마는 장난기 섞인 목소리로 말했다.

"나도 어떻게 해야 할지 모르겠다."

순간, 아빠가 왜 연희 아줌마를 좋아했는지 알 것 같았다. 나는 후후, 하는 소리를 내며 말했다.

"저라도 모를 것 같아요."

"그거 아니?"

"어떤 거요?"

연희 아줌마는 말했다.

"어찌 보면 너랑 나랑 같은 사정이라는 거."

나는 그 말을 이해하고 말았다. 우리는 둘 다 아빠로부터 같은 말을 들은 사람이었다. 아빠는 자신을 떠나라고 했으나 우리는 알고 있었다. 아빠에게는 우리가 필요하다는 것을, 그리고 그 필요를 채우는 게 쉽지 않다는 것을.

기분이 중요해요

진행자: 지금까지 특수학교 관련 상황을 알아보았습니다. 지금부터는 토론입니다. 전국의 핫이슈, 동진구의 특수학교 설립 문제를 놓고 두 분을 모셨습니다. 특수학교 반대 입장으로는 '특수학교 이전 추진위원회'의 지경란 사무국장이 와 주셨습니다. 다른 한 분은 특수학교 찬성 입장인 강윤아 학생을 모셨습니다. 강윤아 학생은 고등학교 2학년이죠? 애청자들께 인사하시죠.

강윤아: 네. 동진구 특수학교 설립은 당연한 것이다, 강윤아입니다.

지경란: 동진구 특수학교를 위한 더 좋은 방안이 있다, 지경란입니다.

진행자: 초반부터 입장이 팽팽한데, 지금까지 나왔던 의견들을 바탕으로 토론을 시작하겠습니다.

지경란: 특수학교를 다른 곳에 짓는 것이 모두에게 좋다고 생

각합니다. 우리는 여러 가지 사정을 고려한 합리적 대안을 마련하자고 하는 것이지, 특수학교 자체를 반대하는 게 아니에요. 모두에게 좋은 방안을 찾자는 겁니다.

강윤아: 그 방안이 뭐건 결국 현재 예정된 곳에 특수학교가 설립되는 건 싫다는 거잖아요. 하지만 거기는 학교 부지예요. 다른 게 들어설 수가 없다고요.

지경란: 알죠. 압니다. 하지만 그 결정과 요건을 바꿀 수 있다고 생각합니다. 공동체의 합의를 통해서요. 그릇된 결정을 굳이 밀어붙일 필요는 없습니다. 시 외곽으로 나가면 더 넓고 좋은 시설을 갖춘 특수학교를 세울 수 있습니다.

강윤아: 기가 막히네요. 결국 여기는 안 된다는 건가요? 우리 동진구의 특수학교 설립 계획이 몇 년 전에 나왔는지 아세요? 자그마치 13년 전이에요. 그런데 아직도 동진구 특수학교는 첫 삽도 못 떴어요.

지경란: 뜨면 됩니다. 더 넓고 적합한 곳에서요.

강윤아: 지금 있는 땅은 어떻게 하고요?

지경란: 다른 용도로 활용하는 거죠. 모두에게 좋은 시설을 짓는 겁니다. 아뇨. 화내지 마시고 제 말 좀 들어 보세요. 모든 장애인들에게 이 특수학교가 필요한 것도 아닙니다. 이 특수학교는 중증 지체 장애 학생을 위한 것이에요. 휠체어를 타지 않는 장애

학생에게는 필요하지도 않은 시설이죠. 이 부지에 문화체육센터나 병원 같은 게 들어선다고 생각해 보세요. 장애인 가족 중에도 환영할 사람들이 더 많을걸요?

강윤아: 지금 장애인들을 위해서 특수학교를 다른 곳에 지어야 한다고 말씀하시는 건가요? 동진구 특수학교 반대 시위에 나온 분들이 들고 있는 피켓에 어떤 문구가 쓰여 있는지 아시죠? 이참에 아파트값 올려 보려고 그러시는 건 아닌가요? 지경란 사무국장님 말씀이 저는 위선 같아요.

지경란: 위선이라고요? 강윤아 학생, 저희 집회 나오시는 분들의 불안을 이해해 보시는 건 어때요? 강윤아 학생의 부모님이나 할아버지뻘 되는 분들이잖아요. 물가는 계속 오르는데 나이가 들수록 수입은 감소해요. 불안은 어른들에게 상수입니다. 조금 더 나은 기반을 마련할 수 있다면, 우리 자식들에게 손주들에게 조금 더 나은 형편을 만들어 줄 수 있다면 할 수 있는 일을 다해 보는 거죠. 그게 나쁜가요? 강윤아 학생이 해결해 줄 수 있는 일도 아니면서 말씀이 무례하시네요.

사회자: 자, 너무 분위기가 과열되는 것 같네요. 이쯤에서 제가 정리를 하면 어떨까 싶은데요.

강윤아: 기분이 나빠요.

지경란: 기분이라고요? 기분으로 결정할 일이 아닙니다. 수많은

사람들의 이익이 걸려 있고 삶이 걸려 있는 문제예요.

강윤아: 기분이 중요해요. 기분이 전부여도 상관없어요. 이곳에 특수학교가 들어서는 건 오래전에 이미 정해진 거예요. 학교를 세우려고 할 때마다 자꾸 미뤄졌어요. 그런데 이제 와서 또 미루자는 거잖아요. 다른 데 알아보자고 하는 거잖아요. 결국은 그동안 들어 왔던 소리 또 듣게 하는 거잖아요.

지경란: 제가 사과할 일은 아니지만 학생의 기분이 나아질 수 있다면 유감스럽다는 말은 해 드릴게요. 다만 이건 기억해 주면 좋겠군요. 어른들의 세계는 기분으로 돌아가지 않는다는 걸요. 더 많은 사람에게 더 많은 이익이 돌아가도록 사회적 자원을 분배해야 합니다. 특수학교 설립이 좀 늦어지는 게 저도 유감스럽습니다. 시 외곽으로 나가면 조금 더 멀어지기도 하겠고요. 하지만 생각을 해 봐요. 버스 타고 30분만 더 가면 돼요. 그러면 모두가 좋아요. 학생의 기분보다 중요한 모두의 이익이 가능하다고요.

강윤아: 사무국장님.

지경란: 네?

강윤아: 정말 기분이 나쁘네요. 특수학교 설립 부지에 도서관이 들어오거나 주민센터가 들어온다고 하면 반대하셨겠어요? 특수학교는 왜 반대하는 대상이 되어야 하죠? 차별하지 마세요. 우리나라에 등록된 장애인만 대략 270만 명이에요. 이 중에 40퍼

센트가량은 정도가 심한 장애인으로 분류되죠. 이들에게는 가족이 있어요.

지경란: 차별하자는 게 아닙니다. 저는 지금 우리 동진구 이야기를 하는 겁니다. 무엇이 더 좋은가, 무엇이 더 경제적인가, 어떤 것이 앞으로 오래도록 우리 모두에게 합리적인가, 그런 이야기를 하는 거예요. 기분 문제 말고 다른 얘기를 해 보시면 어떨까요.

강윤아: 아뇨. 여전히 기분이 중요해요.

지경란: 죄송합니다. 제가 생방송 나와서 이렇게 큰 소리로 웃을 줄은 몰랐네요.

강윤아: 기분은 절대 기분으로 끝나지 않아요. 기분은 감정이죠. 감정은 태도가 되기도 해요. 태도는 곧 입장이 되죠. 입장은 무엇이 될까요? 선택이 됩니다. 결정이 되는 거예요. 혹시 T4작전을 아시나요?

지경란: T4작전요? 군사 작전 같은 건가요?

강윤아: 비슷해요. T4작전은 1939년에 독일에서 시작된 장애인 학살 정책을 말해요. 히틀러의 결정으로 시작된 일이죠. 수많은 장애인들이 이 작전으로 살해당했어요. 나치는 장애인들을 굶겨 죽이고 약물로 죽이고 나중에는 가스실에 보냈어요. 장애인만 죽인 게 아니에요. 병을 앓는 사람들과 노인도 죽였어요. 수십만 명의 사람들이 이 말도 안 되는 정책으로 목숨을 잃었다고요.

지경란: 끔찍하네요. 그런데 그게 특수학교 이전과 무슨 관계가 있다는 거죠? 우리는 평범한 사람들이에요.

강윤아: 히틀러 한 명만 미치광이여서 이 미친 짓이 가능했을까요? 아니에요. T4작전을 수행한 사람들도 평범했을 거예요.

지경란: 그건 지나친 비약입니다. 우리는 나치가 아니란 말입니다.

강윤아: 평범한 우리도 끔찍한 결정에 함께하는 사람이 될 수 있다는 걸 기억해야 해요. 생각해 보세요. 학교 부지에 학교를 짓는 겁니다. 마침표 찍고 끝. 그게 전부여야 해요. 하지만 특수학교를 반대하시는 분들의 마음에는 다음과 같은 문장이 들어와 있는 거예요. 학교 부지에 특수학교를 짓는다고……? 맙소사. 말줄임표와 물음표가 함께 붙어 버린 거예요. 이런 갈고리 같은 물음표는 특수학교 문제만이 아닌 모든 차별과 편견이 작동하는 상황에 매번 붙어요. 여자가? 남자가? 외국인이? 어린애들이? 학생 주제에? 입장 바꿔 생각해 보세요. 이건 명백한 차별입니다. 제 주장은 명료합니다. 차별하지 마세요.

지경란과 나의 공방이 더 오가다가 라디오 토론이 끝났다. 진행자는 마무리 멘트를 하며 말했다.

"이 문제에 어떤 태도를 가질지, 저의 기분도 좀 더 조심스러워진 것 같습니다."

지경란은 일그러진 얼굴로 나갔고 나는 긴장이 풀려 후들거리는 다리로 방송국 로비에서 필우를 만났다. 함께 응원 왔던 도희는 아빠와 엄마가 회사 일로 늦는다는 연락이 와서 리호를 보러 먼저 갔다고 했다.

필우가 내게 빨대가 꽂힌 컵을 건네며 말했다.

"수고했어. 유튜브에 댓글도 달리더라."

나는 대답도 하지 않고 컵을 받아 마셨다. 시원하고 달콤한 아이스티가 순식간에 반으로 줄었다. 긴 숨을 토하고 물었다.

"댓글이? 벌써? 뭐래?"

"네가 더 잘했대."

그 말에 긴장이 더 풀어졌다.

"나 진짜 잘했어?"

필우는 주먹을 흔들며 말했다.

"박살을 내셨습니다."

나는 웃으며 필우와 나란히 방송국 현관을 나섰다.

집에 가는 동안 우리는 이런저런 이야기를 나눴다. 시시껄렁한 농담도 주고받고 리호와 지오의 자립 프로젝트도 의논했다. 필우와 함께 있으면 할 말이 떨어지지 않아서 좋았다. 이따금 말없이 걷는 순간이 와도 어색하지 않았다. 우리는 어느새 다시 가까이에서 걷는 사이가 되어 있었다.

바야흐로 가을이었다. 길가의 나무들 사이를 지나는 바람이 선선하고 부드러웠다. 내 손등에 필우의 손이 닿았다. 리듬을 타는 잠깐 잠깐의 스침이 설레었다. 이대로 필우의 손을 잡아 버릴까 생각했다. 나는 알고 있었다. 필우가 내 손을 거절하지 않으리라는 것을.

필우가 말했다.

"배고프지? 피자 먹을까? 나 쿠폰 있는데."

나는 눈을 흘기며 말했다.

"내가 지금 뭐 먹고 싶은 기분일지 몰라?"

"아, 맞다. 짜장면."

필우는 장난스레 팔을 흔들며 앞서가다가 나를 돌아보며 씩 웃었다.

안타깝도록 아쉬웠지만 나는 집에 가야 했다. 방과 후에 아빠가 민아를 챙겼으니, 저녁에는 내가 민아를 돌봐야 했다. 내 사정을 이야기하자 필우가 엄지와 중지로 딱 소리를 내며 말했다.

"목요일에 구청에서 특수학교 토론회 있잖아. 끝나고 구덩이 셋이서 어때?"

오늘은 월요일. 사흘 뒤 목요일이면 이삿날이었다. 토론회 마치고 먹으면 될 듯했다. 순간 민아가 맘에 걸렸으나 어떻게든 되겠지, 생각하고 싶었다.

"좋아."

필우가 "진짜?" 하며 반색했다.

필우와 이야기를 나누며 우리 동네로 접어드는데 집 앞에 두 사람이 서 있는 게 보였다.

'아빠?'

한 사람은 아빠였다. 반가운 마음에 소리쳐 부르려던 나는 우뚝 멈춰 섰다. 아빠와 이야기 나누는 사람이 어딘지 모르게 낯익었다.

박진이었다.

나는 필우를 당겨 건물 모퉁이에 몸을 숨겼다.

"뭐야? 왜 그래?"

"나중에 설명해 줄게."

나는 벽의 모서리 너머로 박진과 아빠를 훔쳐보았다. 대화는 오래 이어지지 않았다. 박진은 아빠에게서 등을 돌리고 우리 쪽으로 걸어왔다. 나와 필우는 근처에 있는 편의점으로 들어갔다. 박진은 우리가 들어온 편의점을 지나 큰 도로로 나가더니 택시를 탔다. 택시에 오르는 그의 얼굴에는 미소가 걸려 있었다.

오싹했다. 작년 겨울의 기억이 떠올랐다. 겨울비가 쏟아지던 그날, 집에는 나와 민아뿐이었다. 초인종이 울리자 민아가 도도도도 달려가 냉큼 문을 열어 줘 버렸다. 정장을 입은 박진은 과일 바구니를 들어 보이고는 씩 웃었다. 나는 한 발 물러서며 물었다.

"누구세요?"

박진은 어깨에 묻은 빗물을 털며 말했다.

"너희 아빠의…… 원수?"

"네?"

놀라서 말을 잇지 못하는 나를 내려다보며 박진은 호탕하게 웃어젖혔다.

"농담이다. 농담이야. 난 너희 아빠 학교 행정실장이야."

"행정실장요?"

박진은 잊었던 사실을 깨달았다는 투로 장난스레 말했다.

"아, 행정실장이었지. 누구 덕분에 직장에서 잘렸으니까."

검지로 자기 목에 가로선을 그으며 한 말이었다. 나는 민아를 내 등 뒤에 두고 뒷걸음질 쳤다.

박진은 집 안을 기웃거리며 들어와 식탁 의자에 앉았다. 식탁 위에는 민아가 하트 그림을 그리던 스케치북과 색연필이 놓여 있었다. 박진은 그림을 보고는 픽 웃었다.

"네가 그린 거?"

내 뒤에 있는 민아를 보면서 한 말이었다. 민아가 고개를 끄덕이며 불안한 소리로 웅얼거리자 박진은 한쪽 이를 드러내며 말했다.

"그림 잘 그리네."

박진은 민아의 스케치북을 뒤적거리며 그림 실력이 대단하다느니 진짜 멋지다느니 칭찬을 늘어놓았다.

"동생도 시원찮은데 엄마도 안 계시지? 강종철 선생님이 그동안 사시느라 아주 고생이 많으셨겠어. 돈도 아주 많이 드셨을 것이고."

"아빠 아직 안 오셨어요. 나중에 다시 오시는 게 좋겠어요."

박진이 말했다.

"내가 문을 뜯고 들어왔니? 문 열어 줘서 들어왔잖아. 손님 맞아 놓고 다시 나가라고 하는 건 예의가 아닐 것 같은데. 비까지 오는 추운 날에 말이야. 나는 사과하고 용서를 구하기 위해서 온 거야. 여기 과일바구니 보이지? 이거 엄청 비싼 거다."

박진은 포장된 비닐을 찢고 파인애플을 하나 꺼내어 내밀었다.

"먹어 볼래?"

나는 떨리는 목소리를 누르며 다시 말했다.

"나가 주세요."

박진은 파인애플을 바구니에 쑤셔 넣고 식탁 위의 색연필 심을 똑똑똑똑 분지른 뒤 손바닥에 올려놓았다. 박진은 민아를 향해 상냥하게 웃었다.

"파인애플 싫으면 이거 먹어 볼래? 사탕이야, 사탕."

피가 거꾸로 솟는 것 같았으나 분노보다 두려움이 더 컸다. 나는 민아를 데리고 집 밖으로 나갔다.

내 전화에 집으로 황급히 돌아온 아빠는 박진을 끌고 나갔고 집 앞에서 말다툼을 하다가 폭발해 버리고 말았다. 박진의 코와 입에서 피가 터졌다. 박진은 그길로 경찰서로 가 아빠를 신고했다.

아빠를 한 번 무너뜨린 것으로는 부족했던 걸까. 자기 아버지가 감옥에 간 것에 복수라도 하겠다는 걸까. 박진은 또 무슨 수작을 벌이고 있는 걸까.

박진을 태운 택시가 시야에서 사라졌다. 내 얼굴을 살핀 필우가 걱정스러운 목소리로 말했다.

"괜찮아? 무슨 일이야?"

"괜찮아. 별일 아닐 거야."

괜찮지 않았다. 별일이 아닐 수 있었다. 내 머릿속에서 박진의 목소리가 생생히 되살아나 울렸다.

그가 예배당에서 던진 한마디.

돈은 좀 남았나?

다녀오겠습니다

나는 유명 인사가 되었다. 토론회 다음 날 저녁 뉴스에서 특수학교 찬반 토론 영상의 일부를 보궐선거와 연계해서 내보냈다. 내가 지경란을 따가운 말로 궁지에 모는 짧은 영상이 SNS에 떠돌았다. 애들은 말할 것도 없고 잘 모르는 선생님이 다가와 "네가 강윤아구나?" 하고 묻기도 했다.

선거에서는 반대 입장을 표명한 구청장 후보가 지지율 1위였다. 그 뒤를 바짝 쫓는 후보는 특수학교 설립에 모호한 태도를 취했는데 인터넷 검색으로 알아본 지난 행적으로 볼 때 특수학교를 반대할 것 같지는 않았다. 특수학교 반대 입장을 내세운 후보가 구청장이 되는 건 막아야 했다. 도움이 될 수 있다면 할 수 있는 모든 걸 하고 싶었다.

정규 방송 프로그램에 출연해 달라는 요청이 들어왔고 신문 기자로부터 연락을 받았다. 나는 저녁 시간 생방송 뉴스에 출연

했고 신문기자와 인터뷰도 했다. 구덩이 채팅방에 내 얼굴이 실린 뉴스 캡처 화면이 연이어 올라왔다.

특수학교 찬반 논란은 동진구 구청장 선거의 핵심 이슈로 급부상하더니 마침내 2위 후보가 자신은 특수학교 설립을 찬성한다는 공약을 발표했다. 그 뉴스 링크를 구덩이 채팅방에 올리는데 손이 떨렸다. 도희와 필우는 환호성을 지르는 이모티콘을 연달아 올렸다.

특수학교를 반대하는 사람들의 목소리도 만만치 않았다. 반대하는 측은 효율적으로, 경제성을 따졌을 때, 합리적인 방향으로, 합의에 의한 더 좋은 길 등의 말로 논지를 펼쳤다. 특수학교 관련 뉴스의 댓글 중에는 혐오감이 적나라하게 드러나는 글들도 많았다. 내 모습이 담긴 영상 아래로 불쾌하기 그지없는 댓글이 달린 것도 봤다. 외모를 품평하거나 말하는 게 재수 없다든가 어른한테 버르장머리가 없다는 댓글이 적잖았다. 기분이 전부라는 말을 비아냥거리는 댓글이 특히 많았다. 댓글이 상처가 되는 건 어쩔 수가 없었으나 엉망이 된 기분에서 빠져나오고 나면 더 제대로 싸우고 싶었다.

목요일이 됐다. 나는 침대에서 일어나자마자 부은 눈으로 뉴스를 검색했다. 내일이면 사전투표가 시작될 것이었다. 그런데 선거 판세가 그대로인 것 같아 속이 탔다. 선거 유세에서 애절한 목소리로 한 표 찍어 달라고 호소하는 사람들의 마음을 알 것 같았다.

오후에는 구청 소강당에서 장애인 관련 단체들이 정책 제안 토론회를 한다고 했다. 우리도 준비를 돕기로 했다. 부모님의 투표를 독려하겠다고 말해 주는 친구들도 적잖았다. 어제 복도에서 만난 손미현 선생님은 토론회가 몇 시에 시작하냐고 물었다.

"5시 30분에 시작해요."

"그래? 그러면 태워다 줄까? 이번엔 가 보고 싶어서."

"근데 저랑 도희랑 필우는 일찍 가야 해요. 토론회 전에 이것저것 준비하는 걸 도와드리기로 했거든요."

손미현 선생님은 잠시 고민하다가 말했다.

"내가 조퇴 달고 일찍 나가지 뭐."

안 그래도 시간이 빠듯해서 택시라도 타야 하나 생각하던 차였다. 감사하다는 내 인사에 손미현 선생님은 "내 일이기도 해. 그리고 미안하고 기특해서." 하고 말하며 내 어깨를 툭 쳐 주었다. 손미현 선생님의 뒷모습을 보는데 아빠가 떠올랐다. 미안하고 기특하다는 말은 내가 아빠에게서 듣고 싶었던 말이었다.

아침에 등교 준비를 마치고 민아와 함께 현관으로 내려서는데 아빠가 내게 말했다.

"오늘 오후에 구청에서 토론회 있다고 했지?"

걱정스러운 목소리였다. 요즘 아빠는 내가 선거와 거리를 두는 게 좋겠다며 조심하라고 했다. 선거는 총 없는 전쟁 같아서 예상치 못한 일들이 얼마든지 일어날 수 있다고 했다. 아빠의 걱정이 마음에 들지 않았다. 싸움을 시작했으면 끝장을 봐야 하는 것 아닌가?

내가 아무 말도 하지 않고 운동화를 찾아 신자 아빠가 다시 말했다.

"꼭 가야 하니?"

"가야 할 것 같은데."

냉담한 내 대답에 아빠는 작게 한숨을 내쉬었다.

"아무래도 걱정돼서 그렇지."

아빠의 걱정에는 나뿐만 아니라 민아도 포함되어 있는 듯했다. 오늘은 민아가 언어 치료실에 가는 날이고 우리 이삿날이기도 했다. 포장 이사라 우리 손이 많이 필요치는 않았으나 아빠는 이사하는 곳에 있어야 했다. 민아를 언어 치료실에 데려가는 건 또 내 몫이었다.

나는 아빠 얼굴을 보지도 않은 채 입을 열었다.

"민아 데리고 토론회 준비만 도울게. 구청 들렀다가 언어 치료실 데려다주면 될 거 같아. 좀 늦겠지만 그 정도는 괜찮지?"

아빠는 아무 말도 하지 않았다. 나는 불안한 소리로 나와 아빠의 눈치를 살피는 민아의 손을 잡고 나와 현관문을 닫았다.

선거 결과가 걱정됐고 아빠에게 서운했다. 초조하고 우울해서 수업에 집중할 수가 없었다. 수업이 끝나고 주차장에서 구덩이를 만나고 나서야 숨통이 틔는 듯했다. 주차장으로 나온 손미현 선생님은 우리에게 안전벨트를 하라고 이르며 운전석에 올랐다.

필우가 선생님 옆 조수석에 탔고 뒷자리에는 나와 민아, 도희가 나란히 앉았다. 도희가 민아에게 말을 걸었다.

"오늘 날씨가 좋아. 그렇지 민아야?"

민아가 대꾸 없이 흥얼거리기만 하자 도희는 손미현 선생님에게 이르듯이 말했다.

"선생님, 민아가 대답을 안 해요."

필우가 말했다.

"나한테도 안 해."

나도 말했다.

"나한테도."

손미현 선생님이 말했다.

"걱정 마. 언젠가는 할 테니까. 그렇지, 민아야?"

민아는 그렇다는 듯 흥얼거렸다. 도희와 필우가 대답을 한 거나 다름없다며 환호성을 올렸다. 나도 웃고 말았다. 언젠가는 할 거라는 말이 좋았다. 언젠가는 민아와 이야기를 나누고 싶었다. 아빠 흉도 보고 외식 메뉴를 정하는 일로 티격태격해 보고도 싶었다. 현실에서는 이루어지지 않을 소망이었지만 그 장면을 떠올린 것만으로도 미소가 지어졌다.

"자, 이제 가 볼까?"

손미현 선생님이 평소와 달리 높은 톤으로 말하며 차의 시동 버튼을 눌렀다. 차는 기분 좋은 소음을 내며 학교를 빠져나갔다. 도희가 차창을 내리고 운동장을 향해 소리쳤다.

"다녀오겠습니다!"

누구한테 인사한 거냐는 내 물음에 도희가 싱글거리며 말했다.

"그냥 한 거예요. 저는 이 말을 하면 기분이 좋더라고요. 말 자체가 예쁘기도 하잖아요."

필우가 맞장구쳤다.

"들고 보니 그렇네. 나도 기분이 훅 뜨네."

차창을 내렸다. 시원한 바람이 머리칼을 빗어 넘겼다. 나는 배에 힘을 주고 거리를 향해 소리쳤다.

"다녀오겠습니다!"

차 안에서 다시 웃음이 터졌다. 마음에 들러붙어 있던 찜찜한 것들이 한 방에 사라진 것 같았다.

구청 앞에 일찍 도착했다. 지하 주차장은 공사 중이라 들어갈 수 없었다. 손미현 선생님은 토론회를 시작하기 전 지인을 만나기로 했다며 잠시 후에 토론회장에서 보자고 했다.

우리는 함께 구청 앞으로 갔다. 미리 와서 준비하고 있던 장애인 학부모 단체 어른들이 손을 흔들며 우리를 맞아 주었다. 민아를 알아보고 반가워해 주는 어른들도 있었다. 민아는 자기를 반겨 주는 한 아주머니에게 다가가 "성민이!" 하고 말해서 주변 모두를 놀라게 했다. 성민이는 초등학생 시절 같은 치료실에 다녔던 아이였다.

인도에 서서 구청 청사를 올려다보았다. 지하 4층, 지상 10층의 높다란 건물이었다. 유리로 두른 외벽이 오후의 햇살을 받아 반짝였다. 어떤 사람이 구청장이 되느냐에 따라 세상의 모습이 달라진다는 사실이 새삼스러웠다. 구청장 선거 결과에 따라 특수학교의 운명이 갈릴 것이었다. 도희네 가족의 일상이 달라질 것이었다.

"자, 다들 모여 보세요. 선거 기간이라 여러모로 조심스럽네요."

장애인 학부모 회장이 사람들을 모으고 오늘 일정을 설명했다.

"토론회 하고 기자회견도 할 예정입니다. 선관위에서 그 정도는 괜찮다고 했어요. 언론사 몇 군데에서 연락이 왔어요. 전에 없던

관심이어서 아주 느낌이 좋아요. 토론회 시작하기 전에 우리 고등학생 친구들도 인터뷰하고 싶다는데, 괜찮을까요?"

도희와 필우는 해 보겠다고 했다. 나는 민아를 데리고 일찍 가야 해서 인터뷰는 불가능했다. 20분 뒤면 민아를 데리고 언어 치료실로 출발해야 했다. 여기에서 도희, 필우와 함께하고 싶은 마음이 갈증처럼 간절했다.

'어디 한두 번인가.'

민아가 있는 이상 다른 사람들처럼 자유로울 수는 없었다. 포기할 건 포기하고 조건에 맞춰 살아야 했다. 내 마음을 알아차린 필우가 옆에서 말을 걸어왔다.

"언어 치료실 갔다가 다시 오면 되지."

"미안해서 그렇지."

"미안하긴. 넌 넘치도록 많이 했어."

구청 앞에 토론회 준비 물품을 실은 승용차가 도착했다. 어른들은 조별로 나뉘어 안내문을 붙이러 흩어졌다. 우리는 차에서 토론회 자료집을 담은 상자들을 꺼내어 인도에 내려놓았다. 준비 물품이 생각보다 많았다. 자료집 말고도 음료수와 과일 등을 담은 간식 상자와 종이컵도 소강당에 가져다 놓아야 했다.

도희는 자료집 상자를 하나 들고는 웃차, 웃차, 하며 계단을 향해 걸어갔다. 몇 걸음 못 걷고 상자를 내려놨다 다시 들고 가는 모습에 필우도 나도 웃고 말았다.

내가 말했다.

"쟤 좀 어떻게 해 주자."

면장갑을 낀 필우가 껑충껑충 계단을 뛰어 올라가 도희에게서 상자를 건네받았다. 필우는 현관으로 올라갔고 도희는 계단 아래로 내려와 민아에게 말했다.

"민아야, 우리 같이 이거 옮기자."

무료한 표정으로 서 있던 민아의 얼굴에 화색이 돌았다. 민아는 내가 준 면장갑을 끼고는 도희와 함께 인도에 부려 놓은 상자의 끈을 잡았다. 눈썹 사이를 좁히고 일에 집중하는 민아의 모습이 눈에 들어왔다. 민아는 일하는 걸 좋아하는 애였다. 자기가 할 수 있는 일이 있으면 눈을 반짝였다.

나도 질 수 없었다. 자료집 상자를 묶은 끈을 잡고 계단으로 걸어갔다. 생각보다 무거워서 몸이 오른쪽으로 기울었다. 도희처럼 웃차, 웃차 하는 소리가 절로 나왔다. 자료집 상자를 막 현관 앞에 놓은 필우가 나를 향해 내려왔다.

"같이 들자."

"반가운 말이야."

우리는 서로의 얼굴을 바라보며 조금 웃었다. 상자의 끈을 한 쪽씩 나눠 잡고 계단을 올라갔다. 그때, 뒤에서 큰 목소리가 들렸다.

"너지? 강윤아."

나는 계단을 오르다 말고 뒤를 돌아보았다. 나이가 꽤 지긋해
보이는 할아버지가 나를 노려보며 계단을 올라오고 있었다. 덩
치가 꽤 컸고 태도도 위협적이었다. 할아버지가 나를 향해 카랑
카랑한 목소리로 말했다.

"네가 걔 맞지? 기분이 전부라고 했던 애."

할아버지 뒤로 마스크를 쓰고 모자를 눌러쓴 여자가 따라오
는 것이 보였다. 여자가 핸드폰 카메라로 나와 필우, 할아버지를
번갈아 가며 찍는 것 같았다.

나는 자료집 상자를 내려놓고 할아버지의 말을 받았다.

"네. 저예요. 왜요?"

할아버지가 호통을 쳤다.

"어른이 부르면 인사부터 해야지. 버르장머리 없이! 내가 너한
테 할 말이 있어서 온 거야!"

나는 주춤거리며 두어 걸음 물러섰다. 옆에 있던 필우가 내 앞
으로 나서며 할아버지를 가로막았다. 필우도 작은 키는 아니었지
만 할아버지에 비하면 왜소했다. 할아버지는 가래를 계단에 탁,
소리가 나도록 뱉으며 말했다.

"넌 비켜!"

"그만하세요. 할아버지."

필우가 물러서지 않자 할아버지는 옆으로 돌아 내게로 올라오려 했다. 필우가 또 할아버지를 막아섰다.

"안 비켜?"

나는 내려가 필우 팔을 잡았다.

"괜찮아, 내가 상대할게."

내 말에 할아버지가 눈을 크게 부라렸다.

"상대해? 뭘 상대해? 그게 어른한테 할 소리야?"

목까지 붉게 달아오른 할아버지는 터트리듯 말하기 시작했다.

"내가 이 동네에서 70년을 살았어! 고생고생해서 아들 둘이랑 딸 하나를 키웠다고! 집값보다 네 기분이 중요하냐? 우리가 그렇게 우스워? 여긴 우리 동네야. 네가 뭘 알아! 재수없게 무슨 특수학교야!"

폭포처럼 쏟아진 말이었다. 필우가 다시 앞으로 나서며 말했다.

"윤아야, 다른 데 가 있어. 얼른."

그 말에 할아버지는 자신을 가로막은 필우의 멱살을 잡았다.

"가긴 어딜 가? 당장 비켜! 이놈아! 내가 쟤한테 할 말이 있다고! 할 말이!"

필우가 반사적으로 할아버지의 어깨를 붙잡았다. 흥분한 할아버지는 크악! 소리를 지르며 필우의 뺨을 쳤다.

"필우야!"

나는 비명을 지르듯 외쳤다.

필우가 나를 향해 "가!" 하고 소리친 순간, 할아버지 팔이 다시 허공에 떠올랐다. 순간, 무어라 설명하기 어려운 불길한 예감이 들었다. 어딘가에서 재앙이 나를 훔쳐보며 키득거린 것 같았다. 계단에서 뒤엉킨 두 사람이 위태롭게 기우뚱거렸고 균형을 잃은 할아버지가 필우의 가슴팍을 거칠게 밀었다. 계단 아래쪽으로.

필우의 두 발이 계단에서 떨어졌다. 공중에 잠시 떴던 필우의 모습이 계단 아래로 사라지고 난 뒤, 퍽 하는 둔탁한 소리가 울렸다.

사방이 고요해졌다. 나는 주저앉은 채 그대로 굳어 버렸다. 필우를 밀어 버리면서 넘어졌던 할아버지가 엉거주춤 일어서서 아래를 내려다보았다. 뒤에서 도희의 비명 같은 외침이 들렸다.

"필우 오빠!!"

도희가 나를 지나쳐 계단을 뛰어 내려갔다. 모든 소리가 물속에서 듣는 듯 먹먹하게 들렸다. 도희는 악을 쓰듯이 외쳤다.

"도와주세요! 119 불러 주세요! 오빠! 필우 오빠!"

계단 아래에서 어른들이 달려오고 있었다.

나는 간신히 일어서서 아래를 내려다보았다. 필우의 뒷머리를 받친 도희의 손 아래로 피가 흘러내렸다. 필우는 눈을 감은 채 미동도 하지 않았다.

예상치 못한 일들

　도희와 나, 민아는 택시를 타고 종합병원 앞에서 내려 응급실로 갔다. 손미현 선생님이 응급실 앞에서 우리를 맞이했다. 장애인 학부모 단체 소속 어른 두 명이 함께 서 있었다. 구급차를 타고 온 선생님의 옷에는 여기저기 피가 묻어 있었다.

　"필우는요?"

　다급하게 묻자 손미현 선생님이 말했다.

　"지금 응급 수술 들어갔다. 필우 어머니께는 연락드렸어. 곧 오실 거야."

　정신이 아찔했다. 도희는 쪼그리고 앉아 "어떡해요. 필우 오빠 어떡해요." 하며 흐느꼈다. 내 옆에서 민아가 불안한 소리로 웅얼거렸다. 병원에서는 경막하출혈이 생긴 것으로 추측한다고 했다. 나는 두어 번 침을 삼킨 뒤 간신히 말을 꺼냈다.

　"필우가 어떤 수술을 받는 거예요?"

손미현 선생님이 말했다.

"두개골을 열어 안에 고인 혈액을 제거하는 수술이래."

핸드폰으로 경막하출혈을 검색했다. 손가락이 자꾸 떨려 왔다. 뇌 전산화 단층촬영, 반신마비, 인지 장애 및 언어 장애, 의식 저하 및 혼수상태, 수술 뒤 사망 가능. 핸드폰 화면에 뜬 단어들에 숨이 막혔다. 그때, 응급실 앞에 택시가 섰다. 택시에서 내린 사람은 필우의 엄마였다. 필우 엄마가 나를 알아보고는 다가와 내 손을 잡았다. 손미현 선생님이 상황을 설명했으나 당황한 필우 엄마는 제대로 알아듣지 못했다. 필우 엄마가 더듬거리며 내게 물었다. 어떻게 된 거냐고.

나는 차근차근 상황을 설명했다. 어려운 의학 용어는 다른 단어로 바꿔 가면서. 손미현 선생님이 내게 말했다.

"윤아야, 필우 어머니를 수술 대기실로 모셔다 드릴래? 일단 도희랑 우리는 경찰서에 갈 거야. 이건 신고해야 하는 일이야. 괜찮겠어?"

나는 고개를 끄덕였다. 선생님은 내 손을 한 번 쥐었다 놓고는 일행과 함께 밖으로 나갔다.

나는 민아와 함께 필우 엄마를 모시고 수술실을 찾아갔다. 필우 엄마는 걸으면서도 연신 눈물을 닦았다. 수술실로 가는데 펼쳐지는 풍경이 낯익었다.

엄마가 세상을 떠난 병원이었다.

엄마는 차를 몰고 집으로 돌아오다가 고속도로에서 교통사고를 당했다. 빈 드럼통을 가득 실은 화물차가 브레이크 파열로 고속도로의 중앙분리대를 들이받았다. 화물차에 실린 드럼통은 반대편 도로로 튕겨 날아가 엄마의 차를 덮쳤다. 느닷없는 충격에 균형을 잃은 엄마의 차는 가드레일을 들이받으며 전복되었다.

8년 전 난 이 병원 복도에 있었다. 기도실 안에서 들려오는 아빠의 흐느낌과 기도 소리를 들으며 나는 기도실 문 앞에 주저앉아 울고 또 울었다. 엄마가 돌아오지 못한 것이 혼잣말처럼 내뱉은 내 원망 때문인 것만 같았다.

이번에도 나 때문인 걸까.

병원 에스컬레이터에 오른 민아가 주변을 둘러보며 불안한 듯 웅얼거렸다. 나는 내 옆에 붙어 선 민아의 손을 감싸 쥐었다.

우리는 수술실 앞 복도에 마련된 의자에 앉았다. 필우 엄마는 필우 아빠와 통화를 하는 듯했다. 통화를 마친 필우 엄마의 눈이 수술실 쪽으로 향했다. 관절이 하얘지도록 꼭 쥔 손이 보였다. 무슨 말이든 해야 할 것 같은데 입술이 떨어지지 않았다. 필우 엄마의 시선이 내게로 향했다. 나는 눈을 내리깔았다.

"필우 친구 이름이 윤……?"

"윤아요. 강윤아."

"맞다. 강윤아."

필우 엄마는 쓸쓸하게 웃으며 말을 이었다.

"필우가 너랑 헤어지고 밤에 자다가 울었어."

나는 고개를 숙이며 말했다. 죄송하다고. 죄송할 일은 아니었지만 지금은 그렇게 말하고 싶었다. 필우 엄마는 손을 내저었다.

"아냐. 잘했어. 나는 이해가 되지 않았어. 너처럼 예쁘고 똑똑한 애가 왜 우리 필우랑 사귀는지 모르겠더라."

발밑으로 옅은 웃음소리가 퍼졌다. 웃음은 금방 사그라들었다. 필우 엄마는 손수건을 쥔 손을 꼼지락거리며 수술실을 응시했다.

"잘될 거예요. 건강하게 회복할 거예요."

가까스로 미소를 지어 올린 필우 엄마가 내 옆에 앉은 민아를 보며 말했다.

"동생?"

"네."

"예쁘네. 착하고 똑똑해 보여."

"가끔 보면 그래요."

핸드폰 게임을 하던 민아는 평소처럼 알아들을 수 없는 말을 웅얼거리며 주위를 두리번거렸다. 나는 민아의 가방에서 색연필과 스케치북을 꺼내어 민아에게 주었다. 민아는 좋아라 하며 무릎에 스케치북을 올려놓고 하트를 그리기 시작했다.

필우 엄마가 말했다.

"여기는 괜찮아. 동생 데리고 집에 가 있어. 수술 잘될 거야."

어떻게 하는 게 좋을까. 언어 치료실에 가기는 이미 늦었다. 민아를 생각하면 집에 가는 게 맞았으나 필우가 걱정되었다. 결정을 못 하고 있는데 수술실에서 간호사가 나오더니 필우 엄마를 불렀다. 필우 엄마가 벌떡 일어나 간호사에게 갔다.

복도 오른편에서 간호사와 이야기를 나누는 필우 엄마를 보며 여기에 좀 더 있기로 마음을 굳혔다. 민아가 지루해하기 전까지만이라도. 민아는 하트 그리기에 여념이 없었다. 하트를 하나하나 완성할 때마다 뿌듯한 미소를 짓는 민아. 건너다본 스케치북에는 빨갛고 노란 하트가 저마다 조금씩 다른 모습으로 한가득이었다.

나는 언어 치료실에 전화해서 민아가 사정이 생겨 못 가게 되었다고 했다. 아빠에게도 상황을 알리는 메시지를 보냈다. 이사가 한창이어서인지 아빠에게서는 답이 없었다. 문득 내가 선거판에 들어선 뒤로 염려를 놓지 않았던 아빠가 떠올랐다.

그때, 왼편 복도에서 구둣발 소리가 들렸다. 복도로 고개를 돌린 나는 그대로 굳어 버리고 말았다.

박진이었다.

박진도 나를 알아보고는 잠시 걸음을 멈추었다가 다시 걸어오기 시작했다. 박진은 나와 민아가 앉은 의자 앞에 멈춰 서더니 말했다.

"여기서 또 보네?"

눈 밑이 실룩였다. 복도가 박진의 그림자로 어둑해지는 듯했다. 간호사와 이야기를 마치고 돌아온 필우 엄마가 물었다.

"누구세요?"

박진은 필우 엄마에게 깍듯이 인사하며 명함을 건넸다.

"필우 학생 어머님이시죠? 저는 특수학교 이전 추진위원회의 위원장 박진이라고 합니다."

필우 엄마는 나를 쳐다보며 물었다.

"특수학교 이전 추진? 그게 뭐지?"

특수학교 이전 추진위원회는 특수학교 설립 반대 시위대를 조직하고 구청장 후보들에게 압력을 가한 단체였다. 지경란이 활동하는 조직이기도 했다. 그 사람들의 대표가 박진일 줄이야. 더 할 나위 없이 상냥한 그의 모습을 보는데 손미현 선생님의 말이 떠올랐다.

이건, 신고해야 하는 일이야.

작년 겨울 박진의 방문은 계획적이었다. 아빠를 구렁텅이에 밀어 넣으려는 수작이었고 제대로 성공했다. 그 일과 구청 앞에서의 일들이 겹쳐 들었다. 할아버지 뒤로 영상을 찍으며 따라오던 여자가 있었다. 이번에도 작전을 짜고 들어온 일이 아니었을까. 나를 두고 어떤 장면을 연출하려다가 벌어진 일이 아닐까.

박진이 두 손을 앞으로 모으고 필우 엄마에게 정중히 말했다.

"집회에서 안타까운 사고가 났다고 들었습니다. 위로를 전하려고 왔습니다."

용기를 내야 했다. 예전처럼 박진 앞에서 도망칠 수는 없었다. 필우를 지켜야 했다. 나는 필우 엄마의 팔을 잡으며 말했다.

"이상해요. 믿지 마세요."

필우 엄마가 당황한 얼굴로 나와 박진의 얼굴을 번갈아 쳐다보았다.

"필우 다친 거, 단순한 사고 아닐 거예요. 앞뒤 사정 따져 봐야하는 일이라고요."

박진은 나를 비껴 보며 말했다.

"학생. 위로를 전하러 온 사람한테 그게 할 말인가?"

"가요. 아직 필우 수술도 안 끝났어."

박진은 내게로 다가선 뒤 빈정대는 투로 말했다.

"참 안된 일이야. 누군가는 도의적 책임 같은 걸 느껴야 할 텐데."

박진의 갈고리 같은 말이 가슴 한복판에 꽂혔다. 일순간 숨이 멎는 듯했으나 박진이 바라는 대로 반응할 수는 없었다.

"헛소리 말고 가요. 그쪽 말 의심 없이 듣기 힘드니까."

박진이 피식 웃었다.

"싸가지 없는 건 유전인가?"

박진의 눈이 사납게 번들거렸으나 나는 과거의 내가 아니었다. 3년 전 아빠가 학교 이사장의 비리를 신고하면서부터 벌어진 일들이 떠오르면서 속에서 뜨거운 기운이 차올랐다. 박진의 말대로 박진은 우리의 원수였다. 아빠의 정의로운 선택에 앙심을 품고 아빠를 괴롭힌 사람이었다. 그가 아니었다면, 그리고 그의 아버지가 아니었다면 아빠는 건강히 살아가고 있을지도 몰랐다. 안정된 삶의 레일에 얹혀 살아왔던 대로 성실히 살아가고 있을지도 몰랐다.

나는 박진의 얼굴을 올려다보며 말했다.

"뭐 잘못한 거 있지? 그래서 온 거지? 맞지?"

박진은 기가 차다는 듯 허리에 손을 올렸다. 그때, 수술실 문이 열리고 간호사가 나와서 필우의 보호자를 찾았다. 필우 엄마는 다급히 수술실 앞으로 걸어갔다. 나도 몸을 돌리려는데 박진이 내 팔을 잡아챘다.

"아빠는 안녕하시냐?"

"이거 놔요."

"내가 얘기 좀 해 주려고 그래. 너희 아빠가 속이 말이 아닐 거 같아서 말이지."

뱀처럼 속닥이는 목소리에 숨이 막히는 듯했다.

"무슨 소리야?"

"너는 모를 수도 있겠다. 하긴, 얼마나 창피하겠어. 딸내미는 자기 아빠를 정의의 투사로 생각하는데 실상은 그게 아니니."

잡힌 손을 뿌리치려 했으나 박진은 더 힘을 주어 나를 잡았다. 박진은 굳어 가는 내 얼굴을 확인하고는 내 귀에 대고 말했다.

"너희 아빠는 깨끗할 것 같아? 정의의 투사, 선한 영웅, 그런 부류인 줄 알아? 천만에. 너희 아빠도 똑같아."

나는 간신히 입을 열었다.

"거짓말하지 마. 당신 말 따위 들을 가치도 없어."

"아니지. 내 말 잘 들어야지. 네가 모르는 것 같아서 해 주는 말이야. 늬 아빠도 돈 받았어. 학교 일로 업자한테 돈을 받아 챙겼다고. 아빠가 그 말은 안 했지?"

아빠가 돈을 받았다고? 내 얼굴이 회색으로 말라 버리는 것 같았다. 한 달 전, 교회에서 박진을 만났다는 말에 곤혹스러워하던 아빠의 얼굴이 떠올랐다. 날로 궁핍해졌던 우리 집 경제 사정도 뇌리를 스치고 지나갔다. 내 세상을 떠받치고 있던 기둥이 우지끈 소리를 내며 부러져 나가는 것 같았다.

박진이 히죽이며 말을 이었다.

"똑같이 돈 받아 챙긴 주제에 대체 무슨 낯짝으로 신고를 해. 늬 아빠는 공익신고 했다고 빠져나가고 우리만 지옥이야. 이게 무슨 개 같은 경우인지. 안 그래?"

목덜미와 어깨가 따끔거렸고 눈 밑이 의지와 무관히 파르르 떨렸다. 박진이 다시 입을 열었다.

"그런데 의심이 가는 게 있어. 늬 아빠가 공익신고를 할 때 자기가 받은 돈은 아주 귀여운 액수로 신고했더라고. 너무 적어서 정말 받기나 했나 싶어. 그래서 내가 제대로 밝혀 보려고 하거든. 먼지 하나 안 날 때까지 탈탈 털어 줄 거야. 우리 아버지도 감옥에 갔으니 너희 아빠도 감옥에 가야 해. 그래야 공정하고 공평한 세상이잖아."

숨이 막혔다. 아무 말도 할 수 없었다.

그때, 뒤에서 외마디 소리와 함께 우는 소리가 들렸다. 두 손으로 얼굴을 가린 필우 엄마가 바닥에 주저앉아 흐느끼고 있었다.

최초의 문장

민아를 데리고 도망치듯 병원에서 나왔다. 무작정 처음 오는 버스에 올라탔다. 병원에서 멀어진 뒤에야 아무 데서나 내려 집으로 가는 교통편을 검색했다. 예전 집이 아닌 이사 간 집으로 가야 했다.

절벽 끝에 몰린 것 같았다. 내 기분을 감지한 민아는 갈아탄 버스 옆자리에 앉아서 알아들을 수 없는 소리를 웅얼거렸다. 흘 끗거리는 승객들의 시선이 느껴졌으나 나는 민아가 어쩌건 내버려 두었다. 수치심이 고개를 슬그머니 쳐들긴 했지만 그깟 마음 따위 아무 상관 없었다.

아빠는 정말 돈을 받았을까. 대체 얼마를 받은 걸까. 아빠는 정말 감옥에 가게 될까. 그렇다면 나는 어떻게 하나. 민아는 어떻게 하나. 두려움은 필우에 대한 걱정으로 번졌다. 수술 경과가 좋지 않은 것 같았다. 필우가 말도 못하고 걷지도 못할까 봐, 필우가 죽을 것 같아 무서웠다.

낯선 거리, 낯선 풍경, 낯선 사람들. 익숙한 건 내 곁에서 웅얼거리는 민아뿐이었다. 민아는 위치추적 앱을 켠 핸드폰을 보고 있었다. 민아의 핸드폰 화면에 나와 민아의 얼굴 아이콘이 바짝 붙어 이동하고 있었다. 너무도 바짝이었다. 도망치고 싶을 만큼 바짝.

핸드폰이 울리면서 화면에 도희에게서 온 메시지가 떴다.

—언니, 어디예요? 저 경찰서 갔다가 병원 왔어요.

나는 아무런 답을 보내지 못했다. 도희는 아마도 필우 엄마와 함께 있을 것이었다. 필우 상태를 전해 듣고 나를 찾았을 것이었다. 박진의 말이 머릿속에서 재생됐다.

누군가는 도의적 책임 같은 걸 느껴야 할 텐데.

눈을 감았다. 모든 것이 꿈이었으면 했다. 필우가 다친 것도, 박진에게서 아빠 이야기를 들은 것도 없었던 일이었으면 했다. 눈을 꾹 감자 온 세상의 소리가 다 사라지는 듯했다. 길고 높고 가느다란 이명이 세상의 유일한 소리인 듯했다. 그래. 사라져라. 민아의 웅얼거림도, 아빠의 고통도, 엄마의 죽음도, 그리고 나도, 모두 사라져 버려라.

민아를 데리고 버스에서 내려 이사한 집을 향해 걷기 시작했다. 아빠에게서 전화가 왔지만 받지 않았다. 지도 앱만 확인하며 말없이 걷고 걷는데 민아가 내 얼굴을 살피다가 조심스레 팔짱을 꼈다. 거추장스럽고 무거웠다.

나는 낮은 목소리로 말했다.

"하지 마."

민아는 흠칫 놀라며 팔짱을 풀고 내 눈치를 살폈다. 문득 서랍에서 보았던 기숙형 특수학교 팸플릿과 입학원서가 떠올랐다. 그때 느꼈던 홀가분함이라니.

민아 없는 삶은 어떨까.

아마도 가벼울 것이다. 민아를 챙겨야 할 일도, 민아 혼자 두지 않기 위해 아빠와 일정을 확인하는 일도, 민아의 준비물을 챙기는 일도, 민아를 데리고 복지관에 가야 하는 일도 없을 것이다. 나도 다른 애들처럼 살아갈 수 있을 것이다.

나와 민아는 이사한 동네로 접어들었다. 중앙선이 없는 차도 양쪽으로 비슷하게 생긴 빌라들이 줄지어 있었다. 가장자리가 바스러진 아스팔트 길을 걷던 나는 우뚝 서 버렸다.

함께 걷던 민아가 어리둥절한 얼굴로 나를 쳐다보았다. 나는 운동화 끝에 시선을 떨구었다. 쿰쿰한 냄새가 섞인 바람이 민아와 나 사이를 지나갔다. 나는 마음에서 흘러나오는 대로 말해 버렸다.

"넌 대체 왜 그러는 거야?"

민아의 눈동자가 불안하게 흔들렸다.

"말 좀 잘하면 안 돼? 네 또래 애들은 말 잘해. 언니가 뭐라고 하면 화도 내고 신경질도 부려. 대들기도 한다고."

독기 어린 내 말에 민아는 나에게서 한 걸음 떨어졌다. 나는 보았다. 민아의 눈에 겁이 번지는 것을.

"난 네 엄마가 아냐. 내가 왜 네 걱정을 하면서 살아야 해?"

모든 불운이 민아로부터 시작된 것 같았다. 너만 아니었다면, 너만 없었다면, 하는 말들이 속에서 울컥거리며 흘러나왔다. 말들의 끝은 생사를 넘나들고 있을 필우에게 닿았다.

"너만 없었다면 필우가 저렇게 되지 않았을 거야."

민아는 울음을 터트릴 것처럼 웅얼거리기 시작했다. 나는 진저리가 나서 어금니를 악물었다. 수백, 수천 번 들어서 너무도 익숙한 웅얼거림. 지긋지긋했다. 그다음으로 이어질 순서가 그려졌다. 민아는 불안하고 무서울 때 내는 소리를 내며 뺨을 두드릴 것이다. 민아는 내게서 달아나 아빠에게 안겨 온 집 안이 떠나가도록 서럽게 울어 댈 것이다. 구겨진 감정이 다 풀릴 때까지. 나는 민아를 똑바로 쳐다보며 험악해진 감정을 터트렸다.

"지긋지긋해! 너 때문에 우리가 얼마나 힘든지 알아? 엄마가 왜 죽었는지 알아? 너 먹일 한약 타 오다가, 그깟 약이 뭐라고, 어차피 낫지도 않을걸! 아빠가 왜 이렇게 힘든지 알아? 아빠가 왜 뇌물을 받았는지 아냐고. 너 때문에 진 빚 때문이야. 이제 우리 집에는 빚도 안 들어와. 이게 다 너 때문이야. 너 때문이라고!"

"윤아야!"

나는 화들짝 놀라 뒤를 돌아보았다. 아빠였다. 꼼짝 못 하고 서서 내 독설을 그대로 맞고 있던 민아는 어린아이처럼 울며 달려가 아빠를 끌어안았다. 아빠는 품에 안긴 민아의 뒷머리를 거듭 쓰다듬으며 성난 목소리로 말했다.

"너 지금 무슨 소리 하는 거야? 민아한테 대체 왜 그래?"

아빠의 목소리에 담긴 분노는 방아쇠였다. 나는 두 주먹을 쥐고 허리를 굽히며 악을 썼다.

"아아악!"

새된 비명이 빌라 골목에 울려 퍼졌다. 지나가던 사람들이 우리를 쳐다보았지만 상관없었다. 나는 아빠에게 성큼성큼 다가가 소리치듯 물었다.

"아빠 돈 받았어?"

아빠의 눈이 초점을 잃었다.

"돈은 대체 왜 받았어. 대체 왜 그랬어! 그러면 안 되잖아. 우리 생각하면 그러면 안 되잖아. 이대로 감옥 가 버리면 나는 어떡하라고. 이제 어쩔 거야! 어쩔 거냐고!"

그게 무슨 소리냐고, 누굴 만나서 이상한 소리를 들은 거냐고, 아빠는 둘러대는 말조차 꺼내지 않았다. 초췌한 얼굴이 너무도 싫었다.

나는 뒤돌아서 달렸다. 발길이 닿는 대로 달렸다. 모퉁이를 돌고 골목을 지나 아무 곳으로나 달렸다. 모르는 곳이었어도 상관없었다. 부풀어 오른 슬픔과 두려움에 마음이 짓눌렸다.

숨이 턱에 닿도록 달리고 달리다 도착한 곳은 산자락 아래 철조망 울타리였다. 이마에 흐른 땀이 뺨으로 흘렀다. 다시 길을 걷다가 어느 가로등 아래에 멈춰 섰다. 왼편에 그네와 시소가 있는 작은 공원이 보였다. 공원에는 아무도 없었다. 나는 공원 한복판에 서서 어두운 하늘을 올려다보았다.

그때, 도희에게서 전화가 왔다. 나는 숨을 멈추고 핸드폰 화면을 내려다보았다. 필우 소식일 것이었다. 나는 눈을 감고 전화를 받았다.

"어떻게 됐어?"

도희는 울고 있었다. 울면서 말해서 알아들을 수가 없었다. 나는 왼손 주먹을 꼭 쥐고 이를 악물고, 간신히 물었다.

"필우, 수술은?"

도희는 울먹이며 말했다.

"의식이 없어요. 두고 봐야 한대요."

나는 전화를 끊었다. 아무런 생각도 아무런 마음도 일지 않았다. 모든 걸 그만두고 싶었다. 좋은 언니 노릇도, 착한 딸도, 선거도, 특수학교도 다 싫었다.

참고 참았던 눈물이 터졌다. 나는 주먹으로 가슴을 툭툭 치며 흐느꼈다.

"정말 너무한 거 아녜요? 진짜 너무한 거 아니냐고요. 어떻게 이럴 수가 있어요. 이제 좀 그만해요. 적당히 좀 하라고요."

좌절하고 싶고 절망하고 싶었다. 자기 연민에 빠져 어둡고 좁은 동굴에 처박히고 싶었다. 내 발밑에서 동심원을 넓혀 가는 검은 구덩이에 들어가 버리고 싶었다.

그때, 뒤에서 인기척이 느껴졌다. 돌아보지 않고도 나는 알았다. 내게로 다가오는 발걸음이 민아의 것이라는 걸. 흥얼거리는 민아의 소리에서 복잡한 감정이 느껴졌다. 말은 아니었어도 미안한 마음이, 문장은 아니었어도 걱정이, 단어조차 실려 있지 않지만 같이 있고 싶어 하는 마음이 느껴졌다.

누군가의 마음을 직감한다는 것은 이런 걸까. 말없이도 상대의 마음을 알아차린다는 것이 이토록 기가 막힌 것일까.

나는 몸을 돌려 민아를 마주 보았다. 공원 입구의 가로등 아래에 서 있는 아빠의 실루엣이 눈에 들어왔다. 겁먹은 눈으로 나를 보는 민아의 얼굴을 보는데 다시 두 눈에 눈물이 차올랐다. 민아는 웅얼거리는 소리를 내다가 입을 벌렸다 닫기를 반복했다. 그렇게 달싹거리던 민아의 입에서 단어가 흘러나왔다.

"언니."

가슴에 묵직한 충격이 닿았다. 민아의 뺨이 실룩였다. 껍질을 깨고 나오는 새끼 새처럼, 버겁게 버둥거리는 몸짓으로 민아는 다시 입을 벌렸다. 민아에게서 피어오른 강렬한 힘이 내 영혼을 감싸는 듯했다. 민아의 마음이 내게로 흘러 들어왔다. 애쓰는 음성을 타고.

민아는 말했다.

"집에."

나는 아랫입술을 물고 고개를 끄덕였다. 민아는 목울대가 움직이도록 침을 삼키고 내 손을 잡았다.

"가고."

내 두 눈에서 흐른 눈물이 모래밭으로 툭 툭 떨어졌다. 웅얼거리던 민아는 손으로 허벅지를 두어 번 두드리고는 간신히 단어를 연결했다.

"집에, 가고, 싶어."

웅얼거리는 소리로 마침내 완성한 문장을 되뇌며, 민아는 내 눈을 바라보았다. 민아의 눈에서 빛나는 자긍심과 기쁨이 내 마음으로 들이닥쳤다. 민아의 말은 지나쳐 버릴 뻔했던 지구에 사뿐히 착지한 혜성처럼 내 안에서 뜨겁고 눈부신 빛을 내뿜었다.

밭은 숨을 내쉬며 자신을 내려다보는 내 시선에서 무엇을 발견한 걸까. 민아는 확신에 찬 목소리로 토해 내듯 완전한 문장을 완성했다.

"언니, 집에 가고 싶어."

최초의 문장이었다. 갓 태어난 민아의 문장이 내 안으로 흘러 들어왔다. 나는 민아를 향해 주춤거리며 다가갔다. 그런 나를 기다리기 답답했는지 민아는 먼저 다가와 나를 부둥켜안았다. 등에 닿은 민아의 손끝에 모인 힘을 느끼고 만 나는 민아를 마주 안고 그대로 울어 버리고 말았다.

듣고 싶었던 모든 말

그날 밤, 나는 이사한 집의 내 방에서 꿈을 꾸었다.

맨발로 서 있는 곳은 해변이었다. 아주 오래전 어린 나와 민아, 아빠와 엄마가 함께 놀러 갔던 강원도의 해변이었다. 햇빛이 눈부신 해변에는 민아와 나 말고는 아무도 없었다. 따듯하고 고운 모래를 밟을 때마다 뒤꿈치에서 뽁, 뽁, 하는 소리가 났다. 나는 지금의 내 모습이었고 민아도 지금의 민아 모습이었으나, 꿈속의 민아에게는 장애가 없었다. 우리는 웃고 떠들고 장난치며 시원한 바닷바람을 맞았다.

내가 물었다.

"점심 뭐 먹을까?"

민아는 대답했다.

"짜장면 얘기는 그만해."

"피자도 그만하시지. 이번에는 짜장면 차례야."

민아는 어이없어하며 말했다.

"뭐래? 저번에 먹었잖아."

"짜장 라면도 짜장면이냐?"

백사장에 멈춰 선 민아는 나를 향해 눈을 가늘게 떴다.

"언니는 좀 너무."

나는 주먹을 들어 보이며 말했다.

"이기적이라느니 재수 없다느니, 그딴 소리 하나라도 나오면 넌 백사장에 묻히는 거야."

"이기적이고 재수 없어."

"야!"

민아는 분홍빛 혀를 날름거리고는 맨발로 모래사장을 달렸다. 나는 민아를 잡으려고 뛰면서 웃음을 터트렸다. 우리의 웃음소리가 멀리 흩뿌려졌다. 파란 파도가 밀려왔다가 희게 부서지며 발을 적신 다음 다시 물러갔다.

저 앞에서 도희와 리호가 우리를 향해 달려오고 있었다. 나는 놀라움에 우뚝 멈춰 서고 말았다. 수영복을 입은 도희와 리호의 젖은 머리칼이 햇빛에 반짝였다. 나는 도희를 향해 달려가 말했다.

"어떻게 된 거야? 리호가! 리호가!"

도희가 벅찬 목소리로 말했다.

"응. 리호랑 수영했어. 언니, 리호가 수영을 엄청 잘해! 수영 대회 나가도 되겠어!"

도희는 나를 끌어안았다.

잘됐다. 정말 잘됐어. 어쩌면 이렇게 기쁠 수 있지? 그런 말을 함께 나누다 갑작스러운 두려움에 사로잡혀 나는 도희의 어깨를 잡고 물었다.

"필우는? 필우는 어떻게 됐어?"

도희가 코를 훌쩍이며 한껏 웃는 얼굴로 말했다.

"저기 오두막에서 점심 준비해. 언니네 아빠랑."

있다. 필우도 있다. 아빠도 함께.

"수술 잘됐어? 말은? 걷는 거는?"

도희가 말했다.

"당연히 괜찮지! 아무 일도 없어. 걱정 마. 다 괜찮으니까."

모두가 괜찮은 것이다. 이런 일이 생길 수도 있는 것이다.

도희가 가리키는 먼 곳에는 지붕에 짚을 얹은 작은 오두막이 있었다. 음식 냄새가 멀리 떨어진 이곳까지 풍겨 왔다.

나는 필우와 아빠가 있다는 오두막을 향해 달렸다.

"필우야! 아빠!"

외쳐 부른 소리가 하늘 끝까지 퍼져 나갔다. 오두막에 당도한 나는 계단을 뛰듯 걸어 올라가 문을 열어젖혔다.

벅찬 빛이 나를 감쌌다. 너무도 하얀 빛에 눈을 뜰 수 없었다. 어떤 처량함도, 어떤 서러움이나 안타까움도, 어떤 시샘과 낙심도, 어떤 억울함도 눈물도 모두 말려 버릴 듯한 빛. 나는 경계 너머 빛의 세계로 건너갔다. 그 빛 속에서 나는 알 수 있었다. 내가 마침내 어떤 슬픔과도 무관한 곳에 이르렀음을.

환한 빛 한가운데에 누군가가 나를 바라보며 서 있었다. 그 사람을 알아본 순간, 나는 꼼짝도 할 수 없었다.

"엄마?"

엄마였다. 사고당하기 전 그 모습 그대로였다. 더 아름답고 더 환했다. 내가 기억하는, 내가 보았던 앨범에 담긴 어떤 모습보다도 더.

"엄마!"

나는 엄마를 향해 달려갔다.

엄마의 손가락이 내 머리칼 사이로 들어왔다. 엄마의 냄새가, 엄마의 살결이, 엄마의 품이 당연하다는 듯 내 몸을 감쌌다. 내 등을 감싼 엄마의 손길이 너무도 생생했다. 힘껏 끌어안자 귓가에 엄마의 숨결이 닿았다. 엄마의 음성이 내 몸 전체를 울리듯 들려왔다. 알아들을 수는 없지만 화음처럼 들리는, 여러 결의 마음과 마음이 겹친 엄마의 그리운 목소리가 내게로 스미듯 들려왔다. 단어도 없고 문장도 아닌 목소리뿐인데도 나는 알 수 있었다. 그것이 엄마가 내게 하고 싶어 했던 모든 말이라는 것을. 내가 엄마로부터 듣고 싶었던 모든 말이라는 것을.

아프지 않고 행복하게

"윤아 왔구나."

나는 손미현 선생님에게 고개를 숙여 인사했다. 특수학급 교실에는 민아뿐이었다. 나를 본 민아는 활짝 웃으며 다가와 내 허리를 덥석 안고는 시계추처럼 좌우로 몸을 흔들었다. 손미현 선생님이 문 앞으로 걸어와 나를 맞아 주었다.

"필우 소식은?"

나는 고개를 저었다. 손미현 선생님은 깊은 한숨을 내쉬고는 내 어깨를 쓸어 주며 말했다.

"잘될 거야. 깨어날 거야."

"지오는요?"

"아빠가 와서 데려가셨어."

내 허리에 양팔을 두른 민아가 나를 올려다보며 말했다.

"언니."

민아 뒤에 서 있던 손미현 선생님의 두 눈이 커졌다.

"얘가 지금 뭐라고 한 거야?"

나 대신 민아가 선생님을 돌아보며 대답했다.

"언니."

손미현 선생님은 벅차오른 얼굴로 민아를 내려다보다가 웃으며 말했다.

"우리 민아가 많이 컸구나."

"더 커야죠."

나는 별일 아니라는 듯 말하고는 민아의 손을 잡고 건물 밖으로 나왔다. 오늘따라 평평하고 넓은 운동장이 마음에 들었던 걸까. 민아는 내 손을 놓고 힘껏 운동장을 달리다가 우뚝 멈춰 서더니 내게로 걸어와 다시 내 손을 잡았다.

"뭐야. 왜 그래?"

웃음 섞인 내 말에 민아는 말없이 내게 몸을 붙였다. 나는 함께 걷다가 운동장 한가운데에서 몸을 돌려 학교를 바라보았다.

나는 내년, 민아는 2년 뒤면 졸업이었다. 고등학교를 졸업한 민아는 어떤 삶을 살게 될까. 복지관의 직업 훈련 과정에 합격할 수 있을까. 떨어지면 그다음은 어떻게 되는 걸까. 취업이 가능할까. 손미현 선생님은 민아 정도면 취업 걱정은 없을 거라고 했으나 그 일이 어떤 일일지, 얼마나 오래 할 수 있는 일일지도 알 수 없었다.

나는 나의 서른도 그리기 어려웠으나 서른이 된 민아는 더 상상하기 어려웠다. 마흔 살의 민아는, 쉰 살의 민아는 어디에서 어떤 삶을 살아가게 될까. 그리고 그때의 나는 민아의 어느 만큼의 거리에서 살고 있게 될까.

주머니에서 핸드폰이 울렸다. 아빠였다. 화면에 뜬 '아빠'라는 두 글자를 보는데 마음이 덜컥거렸다.

우리 사이에 앙금이 남아 버린 건 어쩔 수 없었다. 아빠는 부끄러워했고 미안해했다. 집에서 마주하기가 어려워 시선을 피한 채 나는 필요한 말만 했다. 네, 알겠어요, 먹었어요, 괜찮아요, 같은.

핸드폰 너머에서 아빠가 말했다.

"어디니?"

"학교 나가는 길. 운동장요."

음, 하고 말을 끌던 아빠가 다음 말을 이었다.

"연희 아줌마가 너랑 민아 마중 나갔을 거야. 보이니?"

나는 정문 쪽을 바라보았다. 학교 정문 옆에 있는 주차장에서 연희 아줌마가 우리를 향해 손을 흔들고 있었다. 아빠가 말했다.

"오늘은 복지관 쉬자. 셋이 같이 장애인 활동 지원사님 면접을 보러 다녀오면 좋겠는데. 괜찮겠어?"

장애인 활동 지원사 면접이라니. 좋은 소식이었으나 연희 아줌마랑 같이 면접을 보고 오라는 말은 의아했다. 민아가 내 손을 놓고 정문을 향해 달려가 스스럼없이 아줌마를 안았다.

연희 아줌마는 민아를 안은 채 나를 맞으며 말했다.

"아빠가 부탁해서 온 거야."

"네?"

"너 좀 만나 달라고 어찌나 애걸을 하는지."

연희 아줌마는 자세한 얘기는 천천히 하자며 나와 민아를 뒷좌석에 태웠다. 차는 부드럽게 학교 밖으로 나갔다. 차창 밖 거리는 한산했다. 오늘은 구청장 선거일이었다.

언론은 필우가 다친 사건을 중요하게 다뤘다. 그날 구청에 와 있던 기자들이 할아버지와 필우의 모습을 영상으로 찍었다. 멀리서 잡힌 영상이기는 했으나 현장 상황이 고스란히 담긴 영상은 삽시간에 퍼져 나갔다. 나는 경찰서에서 이 사건의 뒤에 박진이나 지경란이 있을 수 있다고 진술했다.

차는 시내를 벗어나 도시의 경계를 넘어갔다. 면접 장소인 복지관은 학교에서 차로 20분 거리였다. 내 옆에 앉은 민아는 차창을 내리고 가을 오후의 시원한 바람을 만끽했다. 우리는 필우의 안부와 선거 이야기를 나누며 말문을 열었다. 핵심을 뒤에 둔 우리의 대화는 미지근했다. 아줌마는 말을 꺼낼 기회를 엿보는 듯했고 나는 들을 준비를 했다.

차는 신호등 앞에서 멈춰 섰다. 횡단보도로 사람들이 건너기 시작했다. 운전석에서 연희 아줌마의 목소리가 넘어왔다.

"사람은 유혹에 빠지기도 해."

나는 차창 밖을 쳐다보았다.

"잘못도 하고 실수도 하고 후회할 짓도 하지. 비난받을 일을 저지를 수도 있어."

아빠는 지난 며칠 동안 내게 해명 한마디 하지 않았다. 억울하다는 변명도 없었다. 나는 물었다.

"아빠가 정말 돈을 받았대요?"

"응."

나는 아랫입술을 지그시 물었다. 확인하고 나자 보다 분명해진 실망감이 가슴에 번졌다. 잠시 눌렀던 걱정과 두려움도 고개를 쳐들었다.

보행 신호 종료음이 울리고 신호등이 바뀌었다. 연희 아줌마는 운전대를 천천히 돌리며 말했다.

"큰돈은 아니었어. 바로 돌려줬다더라. 오해는 마. 너희 아빠를 편드는 건 아니니까. 잘못한 거 맞지. 공익신고 하면서 자기 일도 같이 신고했어. 벌금도 냈고 징계도 받았대."

연희 아줌마의 말을 알아들은 걸까. 창밖을 보며 흥얼거리던 민아가 내 손을 잡았다가 놓았다. 평소에도 이따금 하던 행동이었으나 지금은 특별하게 다가왔다. 나는 민아의 손을 마주 잡았다. 연희 아줌마의 말이 이어졌다.

"뉘우치고 신고했고 대가를 치렀어. 근데 박진이 아빠에게 누명을 씌우려는 것 같아. 아빠한테는 지금 같이 싸워 줄 사람이 필요해. 그리고 내가 살아 보니까 말이지."

연희 아줌마는 백미러로 내 얼굴을 흘끗거리며 말했다.

"시간이 걸리긴 해도 힘센 나쁜 놈들이 벌을 받는 일이 세상에는 생각보다 많더라."

그 말에 마음을 쑤시던 걱정이 누그러지는 것 같았다. 그날 저녁, 내가 아빠를 더 힘들게 만든 것 같아 후회되기도 했다. 마음속에서 짧은 질문이 올라왔다.

아빠는 좋은 사람인가?

아빠는 나를 사랑하나?

나는 아빠가 아프지 않고 행복하기를 바라나?

셋 다 그렇다는 대답이 돌아왔다. 아빠가 연희 아줌마를 내게 보낸 이유를 알 것 같았다.

"아빠 편 확실히 드셨는데요, 뭐."

내 말에 연희 아줌마는 "들켰네?" 하며 웃었다.

옹기종기 모인 주택 사이의 좁은 도로를 타고 올라가자 산을 등진 3층 건물이 보였다. 복지관의 외관은 허름했으나 깔끔했다. 우리는 차를 주차장에 대고 내렸다. 당연히 같이 들어갈 거라 생각했는데 연희 아줌마는 운전석 문에 기댄 채 서 있었다. 같이 들어가지 않느냐는 내 물음에 연희 아줌마는 싱긋 웃으며 말했다.

"잘 다녀와. 여기서 기다릴게."

나는 고개를 끄덕이며 민아와 함께 복지관으로 들어갔다. 사무실에 들어가 용무를 이야기하자 사회복지사가 우리를 2층으로 이끌었다.

면접 장소는 2층 강의실이었다. 강의실 안에는 단정한 옷차림의 할머니가 앉아 있었다. 우리가 들어가자 할머니는 일어나서 옷매무새를 가다듬으며 "안녕하세요." 하고 인사를 했다. 민아를 본 할머니의 눈이 반짝거렸다.

신뢰가 가는 분이었다. 평생 국수 가게를 했는데 자식에게 물려주고 다른 일을 찾고 있다고 했다. 민아도 할머니가 마음에 드는지 편안한 자세로 앉아 할머니를 바라보았다. 나는 민아에 대해 설명했고 할머니는 고개를 끄덕이며 자신이 할 수 있는 일과 하고 싶은 일에 대해 이야기했다.

할머니가 나를 바라보며 물었다.

"민아 언니는 혹시 나한테 바라는 거 있어요? 민아한테 해 줬으면 하는 거."

나는 대답했다.

"민아와 함께해 주시면 좋겠어요. 민아를 가르치거나 훈련시킨다기보다 민아의 마음을 이해하고 알아주시면 좋겠어요. 민아와 선생님이 함께하는 시간이 즐겁고 편안했으면 좋겠어요."

할머니는 눈을 내리깔고 잠시 생각하다가 빙긋이 웃으며 말했다.

"민아의 친구가 되어 볼게요."

차로 돌아오자 연희 아줌마가 물었다.

"어땠어? 어떤 분이야?"

민아는 뒷좌석에 앉자마자 안전벨트를 맸다. 찰칵, 하는 금속성의 경쾌한 소리가 울렸다.

"좋은 분 같아요."

나는 연희 아줌마에게 내가 느낀 인상을 이야기했다. 연희 아줌마는 주의 깊게 듣고는 내 안목을 믿는다고 했다. 다시 도시의 경계를 넘어 집으로 돌아가는데 연희 아줌마가 뒷좌석의 우리를 향해 말했다.

"좋은 분 만난 기념으로 저녁은 맛있는 거 먹을까?"

"피자."

아줌마의 말이 떨어지자마자 민아가 대답했다. 그 대답에 웃음이 났다. 연희 아줌마는 뒷좌석에 앉은 내게 물었다.

"윤아는? 치킨?"

"피자 먹어요."

"민아 먹고 싶은 거에 매번 맞추지 않아도 돼. 치킨? 파스타? 떡볶이? 짜장면? 아, 맞다. 윤아는 짜장면 아니었나?"

6시 조금 넘은 시각이었다. 짜장면 소리를 듣자 갑자기 배가 고팠다. 나는 조심스레 말해 보았다.

"짜장면요."

연희 아줌마는 말했다.

"난 짬뽕."

나는 한마디 더 얹었다.

"탕수육도 먹고 싶어요."

외식 메뉴가 피자가 아닌 다른 것으로 옮겨 가는 것을 알아차린 민아는 불안한 소리로 웅얼거리다가 신경질적으로 투정을 부렸고 이내 훌쩍이기 시작했다. 또다시 반복되는 상황이 벌어지려나 싶었으나 이번에는 나도 고집을 부리고 싶었다.

나는 민아를 향해 말했다.

"민아야, 짜장면도 맛있는데."

내 말에 민아는 제대로 울음을 터트렸다. 차 안이 민아의 울음소리로 터질 것 같았다. 연희 아줌마는 우는 소리를 참으며 앞만 바라보았다. 나는 말하려 했다. 그냥 피자 먹어요. 저 피자도 좋아해요, 라고.

"윤아야, 잠시만."

연희 아줌마는 운전대를 돌려 길가에 차를 댄 뒤 가방에서 무언가를 꺼냈다. 뭔가 했는데 작은 귀마개였다. 연희 아줌마는 양 귀에 귀마개를 끼며 말했다.

"필요할 것 같아서 챙겼지."

나는 웃고 말았다. 연희 아줌마는 조금 커진 목소리로 내게 말했다.

"잠깐만 차에서 내려 볼래?"

나는 차에서 내렸다. 연희 아줌마가 민아와 이야기를 해 보려는 모양이었다. 과연 잘될까. 괜한 고집을 부려 민아와 연희 아줌마를 힘들게 한 건 아닐까. 익숙한 자책감에 한숨이 나왔다. 차에서 조금 떨어져 나왔는데도 민아가 울면서 화내는 소리가 들렸다. 짜장면 싫어요! 짜장면 싫어요! 연희 아줌마가 걱정되기도 했으나 들어 보지 못한 민아의 새로운 말이 반가웠다. 자기 욕심만 차리려 드는 것 같아 야속하기도 했다. 민아를 향한 내 마음은 늘 다면체였다. 앞으로도 이러할 것이었다.

길가의 은행나무들이 아직 푸르렀다. 한 달쯤 지나면 이 길은 노란 색종이를 흩뿌린 것처럼 환해질 것이었다. 은행나무를 올려다보는데 군데군데 색이 변한 이파리가 보였다. 어쩐지 지쳐 보이는 푸르름이 아름다우면서도 쓸쓸했다.

나는 앞으로 어떻게 살아가게 될까.

불안이 스며든 이 질문은 장애인 가족이 아닌 친구들도 마찬가지일 것 같았다. 이름도 낯선 병을 앓는 친구도 있었다. 부모님 두 분을 사고로 잃은 친구도 있었다. 그런 일이 아니어도 힘들어하는 친구들이 내 주변에도 많았다. 사람들이 느끼는 고통의 질감과 무게는 삶의 여건과 무관한 듯했다. 우리 모두는 앞으로 어떤 일이 닥쳐올지 알 수 없으니 그것만으로도 불안의 이유는 충분했다.

은행나무의 줄기에 손을 대 보았다. 거칠게 파인 주름이 스산해 보였는데 막상 손으로 전해져 오는 느낌은 부드러움과 따뜻함이었다. 나무처럼 살아갈 수 있을까. 어차피 털어 낼 수 없는 불안이라면 내 삶의 무늬로 품는 건 어떨까. 이토록 근사하게.

민아의 울음이 잦아들고 있었다. 다 끝났나 싶어 차로 돌아가는데 차창이 내려가고 연희 아줌마의 얼굴이 나타났다. 차창 밖으로 더운 공기가 흘러나왔다. 민아는 딸꾹질을 하며 울음을 거두고 있었다. 아줌마는 관자놀이 아래로 흐르는 땀을 닦으며 말했다.

"짜장면 먹으러 가자."

중국집에 갔다 집에 오니 8시였다. 짜장면은 늘 그렇듯 옳은 맛이었다. 처음에는 한사코 먹지 않겠다고 버티던 민아도 연희 아줌마가 어르고 달래어 한 입 먹어 보고 나더니 입가에 까만 소스를 묻히며 젓가락질을 했다. 아빠와 내가 여러 번 도전해 보고 포기한 일이 연희 아줌마에게는 한 방이었다.

집에는 민아와 나뿐이었다. 아빠는 오늘도 퇴근이 늦는 모양이었다. 핸드폰으로 확인해 본 개표 진행 상황은 답답했다. 특수학교를 반대하는 후보가 근소한 차이로 앞서고 있었다.

민아는 세상이 어떠하든 차분히 자신의 순서대로 잘 준비에 돌입했다. 책을 읽고 장 건강 보조 식품과 잠을 잘 잘 수 있도록 도와주는 영양제를 먹었다. 이제 샤워를 하고 이를 닦고 잠옷을 입은 뒤 태블릿 PC로 동요 동영상을 보며 아빠를 기다릴 것이었다.

나는 침대에 앉아 아빠에게 핸드폰으로 메시지를 보냈다.

—연희 아줌마는 좋은 사람이 분명해요.

여러 의미를 담은 말이었다. 아빠가 연희 아줌마를 만나게 해 주어서 좋았다는 말이기도 했고, 아빠를 이해하게 되었다는 말이기도 했다. 연희 아줌마에게 고맙다는 말이기도 했다.

나는 침대에 누워 천장을 바라보았다. 이사 온 집이 나는 답답했는데 민아는 그런 게 없었다. 욕실에서 들리는 민아의 노랫소리는 예전 집에서와 다르지 않았다. 오늘이 만족스러웠는지 더 흥겨웠다. 나는 민아의 노랫소리를 듣다가 고개를 절레절레 저었다. 어쩜 저렇게 노래 실력이 꽝일까, 하며.

나는 침대에 누운 채 혼잣말로 중얼거렸다.

"최선을 다해 좋은 쪽으로."

안간힘처럼 들리는 말이었으나 나쁘지 않았다. 보다 나은 기분으로 다음을 향해 나아가고 싶었다.

내가 어찌할 수 없는 삶의 조건도 있었다. 조건의 압박에 눌려 숨 쉬기도 버겁게 느껴질 때면 구덩이 속에 웅크리고 나만 달래고 싶을 때가 있었다.

매번 성공하는 건 아니었지만 우울한 조건은 조건으로 가두어 다루는 게 맞았다. 오케이. 넌 딱 거기까지. 그런 태도로 몸을 바로 세우고 더 나은 선택으로 나아가는 게 현명했다. 그 선택이 현실을 뛰어넘는 더 좋은 쪽으로 나를 데려가기를 바라며.

나는 천장 너머 하늘을 향해 기도했다.

'잘해 볼 테니까요, 조금만 도와주세요.'

필우를 생각하며 올려 보낸 기도였다.

그때, 핸드폰 벨이 울렸다. 핸드폰 화면에 뜬 건 필우 엄마의 번호였다. 나는 바로 전화를 받지 못하고 침대에서 내려와 꼿꼿이 섰다. 핸드폰을 드는데 가슴이 두근거렸다. 전화를 받자마자 물었다.

"필우는요?"

"필우가."

말은 거기에서 끊어졌다. 소리 죽인 필우 엄마의 목소리가 어떤 의미인지 알 수가 없었다. 나는 숨을 멈춘 채 필우 엄마의 말을 기다렸다. 부스럭거리는 소리가 들리는 것 같아 핸드폰을 귀에 누르듯이 댔다. 기침 소리가 들렸다. 누군가를 다급히 찾는 병원 안내 방송이 희미하게 들렸다. 나는 참지 못하고 핸드폰에 대고 말했다.

"여보세요?"

아무런 대답이 없었다. 나는 바라는 마음으로 다시 물었다.

"필우?"

핸드폰 너머로 익숙한 목소리가 들려왔다.

"응."

나는 눈을 감았다. 참았던 숨이 터져 나왔다. 눈물이 날 것 같았다. 나는 두 손으로 핸드폰을 꼭 쥐고 물었다.

"괜찮아? 정말 괜찮아?"

울음에 눌린 목소리가 핸드폰을 타고 필우에게 건너갔다. 필우의 숨소리와 밭은기침 소리가 들렸다. 나는 애가 타서 말아 쥔 손으로 가슴을 눌렀다. 혹시 안 괜찮은 걸까? 지금 듣는 목소리가 필우의 마지막은 아니겠지?

낮은 숨소리가 두어 번 더 이어진 뒤, 다독이는 듯한 필우의
목소리가 들렸다.

"아프지도 않고 행복해."

이토록 완벽한

5월의 바람은 깨끗하고 시원했다. 고등학교 3학년이 된 지 두 달이 지났다. 나는 벤치에 앉아 눈길이 닿을 수 있는 모든 곳에 시선을 던졌다. 산에서 내려온 바람을 탄 아카시아 꽃잎이 내 무릎에 내려앉았다. 화강암 조각상의 우묵한 곳에 아침에 내린 비가 고여 있었다.

광장의 너른 잔디밭을 가로지르는 어른과 아이들의 웃음소리가 들렸다. 산자락 아래 자리 잡은 문화예술회관은 정오의 햇볕을 쬐고 있었다. 하늘은 쨍한 느낌이 들 정도로 푸르렀다. 꽃향기가 코끝을 스치고 지나간 것 같아서 한껏 숨을 들이마셨다.

오늘은 5월의 첫 번째 토요일. 민아와 새로운 도전을 하는 날이었다. 아빠와 연희 아줌마는 민아가 좋아하는 캐릭터가 잔뜩 등장하는 어린이 뮤지컬 공연을 예매했다. 목표는 한 시간 보고 나오기. 30분을 보고 나오면 짜장면, 한 시간을 보고 나오면 피자라는 조건이었다. 오는 차 안에서 민아는 결연한 표정으로 말했다.

"피자를 먹을 거예요."

30분 뒤면 뮤지컬 공연이 시작될 것이었다. 멀리 잔디밭 너머에 민아와 도희가 맞잡은 손을 흔들며 장미 정원을 구경하고 있었다. 그 뒤로 리호의 휠체어를 밀며 걸어가는 지오와 그 옆을 산책하듯 걷는 필우가 보였다. 그들 너머로 핫도그를 사러 푸드 트럭으로 걸어가는 아빠와 연희 아줌마가 눈에 들어왔다. 연희 아줌마는 2월에 귀국한 딸과 둘이 살고 있었다.

필우 옆에서 무게감 있는 걸음걸이로 걷는 지오를 보는데 입가가 비스듬히 올라갔다. 아까 문화예술회관 앞에서 만났을 때, 민아의 피자 목표를 들은 지오는 민아에게 진지하게 말했다.

"민아야, 뮤지컬은 정말 재미있어. 그리고 나도 피자를 좋아해. 짜장면보다는 피자가 좋아."

민아는 귀찮다는 듯 홍얼거렸지만 나는 알았다. 민아가 지오의 말을 다 이해했다는 것을.

구청장 선거는 쾌거까지는 아니어도 잘 마무리되었다. 특수학교를 찬성한 후보가 근소한 차이로 이겼다. 특수학교는 계획대로 추진되는 중이었다. 필우의 사건은 배후가 있다는 둥, 할아버지가 누군가로부터 사주를 받았다는 둥 무수한 뒷말을 남기

긴 했으나 사고로 결론 났다. 필우는 3주 만에 퇴원했다. 퇴원
직후에는 현기증과 시야가 좁아지는 증상으로 고생했으나 지금
은 별다른 어려움 없이 지내고 있었다. 치료비와 위자료 문제로
민사 소송 중이었는데 판결이 나는 데는 꽤 시간이 걸릴 것이
라고 했다.

아빠의 터널은 아직 끝나지 않았다. 박진의 사주를 받은 학교
는 교육청에 아빠의 공익신고에 의심스러운 정황이 있다고 보고
했다. 다시 싸움이 시작되고 있었다. 아빠도 대응에 나섰다. 시민
단체를 찾아가고 관계 당국에도 도움을 요청했다.

어제 아침, 드립 커피 향이 은은한 식탁에서 아빠는 빵을 우물
거리다가 아무 일도 아닌 것처럼 입을 열었다.

"학교에 다시 돌아갈까 봐."

"그 학교로요?"

"응."

"가능해요?"

아빠는 고개를 주억거리며 말했다.

"가능해. 도와주겠다는 선생님들도 있고."

힘든 시기가 지나가기도 한다는 걸 나는 경험으로 배우는 중
이다.

지난겨울, 아빠는 나와 민아에게 말했다.

"연희 아줌마 말이야. 다시 만나기로 했어."

나도 아빠에게 말했다.

"나도 필우 다시 만날지도 몰라."

"필우도 좋대?"

"왜 이러셔. 내 말 한마디면 필우는 그냥 바로야."

오, 하는 소리를 끌던 아빠는 손가락으로 식탁을 톡톡 두드리고는 입을 열었다.

"이번에는 잘해 봐라."

아빠나 잘해 봐요, 하는 소리를 하려다가 말았다. 아빠와 나의 연애는 무게감 자체가 달랐으므로.

잔디밭에서 산책하는 개가 보였다. 설마 싶어 자세히 보니 닥스훈트였다. 나는 벤치에서 일어섰다. 장미꽃 정원을 거닐던 민아가 닥스훈트를 보고는 좋아서 어쩔 줄 몰라 하더니 나를 향해 달려오기 시작했다. 아마도 내게 닥스훈트의 눈을 만지지 않고 참았다는 걸 자랑하려는 것일 터였다. 닥스훈트의 눈을 만지지 않은 건 다행이었지만 달리는 기세가 지나쳤다. 아니나 다를까, 신나게 달려오던 민아는 잔디밭 한복판을 천천히 걷던 몸집이 큰 남자와 부딪히고 말았다.

"쟤가, 쟤가. 내가 미쳐."

나는 민아와 남자를 향해 달려갔다. 필우도 거의 동시에 민아

에게 당도했다. 민아는 넘어지지는 않았지만 남자를 올려다보며
어쩔 줄 몰라 하고 있었다.

길고 새까만 머리를 뒤로 넘긴 남자는 이마를 한껏 드러내고
각진 선글라스를 끼고 있었는데 덩치가 필우와 나를 합친 것만
큼 컸다. 야자수 무늬가 프린트된 반팔 셔츠와 까만 반바지 차
림이었는데 한쪽 팔에는 검푸른 호랑이 문신이 새겨져 있었다.

나는 더듬거리며 말했다.

"괜찮으세요? 죄송해요. 제 동생이 사정이 있어서요."

검정 선글라스는 아무 말 없이 민아를 내려다보다가 우리 뒤
를 향해 소리쳤다. 사과를 이어 가려는 내 말을 막는 것처럼.

"준성아! 이리 와 봐."

잔디밭에 쪼그리고 앉아 있던 아이가 손을 탁탁 털며 일어서
더니 검정 선글라스를 향해 대답하듯 소리쳤다.

"형!"

준성이라는 아이가 우리를 향해 걸어왔다. 내 또래로 보이는
그 아이에게 민아와 비슷한 사정이 있다는 걸 한눈에 알 수 있
었다. 남자애는 검정 선글라스의 가슴에 얼굴을 묻고 알아들을
수 없는 소리를 냈다.

검정 선글라스는 한쪽 입가를 올리며 히죽였다.

"그렇게 재밌었냐?"

남자아이는 "형!" 하고 부르고는 다시 남자를 끌어안았다. 검정 선글라스는 큼직한 손으로 남자아이의 정수리를 쓰다듬으며 말했다.

"엄마한테 가 봐."

남자아이는 어색한 뜀박질로 벤치 쪽에 앉아 있는 부부에게로 달려갔다. 검정 선글라스가 나와 필우를 번갈아 보다가 필우에게 척, 오른손을 내밀었다. 악수하자는 것 같았다. 필우가 주춤거리며 손을 올리자 검정 선글라스는 필우의 손을 덥석 잡고는 하얀 이를 드러내며 굵고 낮은 목소리로 말했다.

"수고가 많다."

검정 선글라스는 필우의 어깨를 툭 치고는 자기 가족을 향해 천천히 걸어갔다. 우리는 서로를 바라보며 웃었다. 필우가 나를 향해 말했다. 남자의 말을 내게 건네주는 것처럼.

"수고가 많아."

나도 말했다.

"다들 수고가 많지."

장미 정원 쪽에서 도희가 "민아야!" 하고 불렀다. 민아가 도희에게 달려가 리호의 휠체어 손잡이를 잡았다. 이제 민아는 제법 능숙하게 리호의 휠체어를 밀었다. 같이 걷던 지오가 민아에게 무어라 말을 거는 것 같았다. 민아는 딴청이었으나 지오는 진지했고 휠체어에 앉은 리호는 무엇이 웃긴지 손을 흔들며 웃었다.

나는 말했다.

"좋다."

옆에서 함께 걷던 필우도 말했다.

"앞으로도 좋을 거야."

좋았으나 괜히 시비를 걸고 싶었다.

"앞일을 어찌 알고? 어떻게 될지 모르는 게 인생이라고. 언제 어떻게 추락할지 어찌 알아?"

"어떻게 되긴, 나중에도 나랑 같이 있겠지. 추락도 같이 하면 재미있을걸? 일부러 뛰어내리기도 하잖아. 스카이다이빙!"

필우는 휘유— 하는 소리를 끌며 펼친 손바닥을 좌우로 흔들었다. 나는 얼씨구? 하며 필우의 얼굴을 올려다보았다. 필우는 능청스레 웃으며 하늘에 공룡이 날아간다는 둥, 미확인 비행물체가 보인다는 둥 말도 안 되는 소리를 주워섬겼다.

언젠가 민아에게 나와 필우 중 누가 더 좋으냐고 물어본 적이 있다. 민아는 골똘히 생각하다가 알아들을 수 없는 말을 웅얼거렸었다. 답답해진 나는 노란 컵과 하얀 접시를 민아 앞에 두고 다시 물었다.

"노란 건 윤아 언니. 하얀 건 필우 오빠. 어느 게 더 좋아?"

나를 노란 컵으로 정한 건 민아가 노란색을 좋아해서였다. 노란 컵과 하얀 접시를 번갈아 보며 배시시 웃던 민아는 하얀 접시를 손으로 덮었다. 나는 어이없는 목소리로 말했다.

"이 배신자!"

민아는 내 마음을 다 안다는 것처럼 히 웃었다.

옆에서 걷던 필우가 말했다.

"낭떠러지 너무 무서워하지 말래."

"무슨 말이야?"

"낭떠러지 끝에 서면 거기에서만 보이는 길도 있다는데?"

나는 오— 하는 소리를 내며 필우의 등을 툭 쳤다.

"멋진 말인데?"

"어디에서 들은 말인데 그럴싸하더라고."

붙잡고 싶은 말이었다. 당분간은 괜찮을 것이었다. 힘을 키워 다음을 대비하면 그뿐이었다. 지금은 막연한 낙관을 희망으로 붙잡고 싶었다. 나는 손가락으로 앞을 가리키며 말했다.

"까짓것, 가 보자."

필우도 말했다.

"가자! 끝까지."

도희가 "언니!" 하고 부르며 우리를 향해 손짓을 했다. 광장 한복판에서 만나자는 신호였다. 멀리 푸드 트럭 쪽에서 아빠와 연희 아줌마가 걸어오고 있었다. 나는 두 사람이 손에 든 것을 보고는 웃고 말았다. 핫도그 사러 간다더니 정작 사 오는 건 두 사람이 좋아하는 아이스크림이었다.

광장 한복판으로 모이는 우리들의 걸음은 가붓했다. 우리를 이은 세 꼭짓점 사이의 거리가 점점 가까워졌다. 잠시 뒤면 한곳에서 포개지듯 만나 한 방향으로 나아가게 될 터였다.

조각난 퍼즐들이 결국에는 맞춰져 온전해진 따뜻한 그림. 우리를 바라보는 나의 영혼은 빛 속에서 충만했던 그때처럼 안온했다.

어쩌면 이토록 완벽할 수 있을까.

내가 가는 길의 벅찬 시작이었다.

매일의 쓰는 일을 마치고 늦은 밤 집으로 돌아오면 딸이 문 앞으로 마중 나온다.

"잘 있었어?"

내 말에 딸은 한껏 웃는다. 두 팔 벌려 나를 안고 내 발등에 자기 발을 얹는다. 우리는 서로를 부둥켜안고 하나 둘, 하나 둘, 하며 게걸음으로 거실에 도착한다. 마음 나이가 여섯 살쯤인 딸의 나이는 스물한 살. 자폐 장애가 있다.

내가 옷을 갈아입을 동안 딸은 자기가 정한 순서를 착착 밟아 다음으로 넘어간다. 이를 닦고 수건을 개고 건강보조제를 먹고 물을 마시고 잠옷으로 갈아입고…… 침대에 올라가 반듯하게 누운 뒤 이불을 턱까지 끌어 올린다.

"아빠, 다 됐어요!"

"아빠 간다!"

우리는 침대에 나란히 누워 이야기를 나눈다. 팔베개를 하고 함께 노래를 부르기도 한다. 우리가 친구가 되는 시간이다. 내가 오늘 있었던 일을 이야기하면 딸은 웃으며 듣는다. 나도 신나게 떠드는 딸의 말에 추임새를 넣어 가며 대꾸한다. 한참 이어지는 대화의 대부분이 반복되는 같은 말인데 나름의 의미가 있다.

옆에서 보면 뭐 하는 건가 싶을 모습이지만 우리는 매일 이런 식으로 하루를 매듭짓는다. 그 시간의 교감과 위로와 기쁨은 함께 누리는 우리만 안다. 예전에는 이 과정을 밟아야만 잠드는 딸의 패턴이 원망스럽고 지칠 때가 많았는데 몇 년 전부터는 괜찮아졌다. 우리 모두 조금씩 자란 덕분이다.

다시 한번 장애인 가족의 서사를 중심에 둔 소설을 쓰고 싶었다. 예전보다 단단해진 마음으로 완성하고 싶었다. 이 소설을 쓰면서 가장 많이 생각했던 건 비장애형제로 살아가는 아이들이었다.

"실은 우리 형이요."

"사실은 제 동생이요."

북토크가 끝난 뒤 내게 다가와 자기 이야기를 내려놓고 돌아가는 아이들의 뒷모습이 안쓰러웠다. 장애가 있는 형제를 생각하며 착잡해하는 동료들과 성인이 되어 가는 아들을 생각했다. 조심스레 써 나갔으나 작가가 장애인 가족의 아버지라는 이유로 비장애형제들에게 부담을 주는 것은 아닐까 걱정했다. 이 글을 쓰는 지금도 이 책을 읽은 그들이 답답해하며 책을 덮으면 어쩌나 마음이 쓰인다.

누구에게나 어찌할 수 없는 삶의 조건이 있다. 『스카이다이빙』은 만만치 않은 세상을 살아가는 우리 모두의 이야기이다. 내게는 딸의 장애가 그 조건이었다. 딸을 열심히 사랑하는 것이 나의 구원이라는 걸 깨닫기까지 시간이 필요했다. 『스카이다이빙』을 쓰면서 나는 소설의 세계를 살아오며 깨달은 것을 되새겼다. 읽은 대로 살고 쓴 대로 살겠다는 다짐을 매듭 묶듯 조이고 조였다.

예전보다 나아진 마음으로 『스카이다이빙』을 쓸 수 있어서 다행이었다. 세상에는 딛고 일어서는 사람들이 있다. 늪이라는 걸 알면서도 뛰어드는 사람들이 있다. 삶의 조건을 넘어서는 그들의 성실함과 기개와 근성을 닮고 싶다. 지지받아 마땅한 사람들이다. 우리가 사는 이곳이 그들을 든든히 받쳐 주는 세상이면 좋겠다. 모든 이들이 자신이 좋아하고 잘하는 일을 하며 사랑하는 사람과 행복하게 살아갈 수 있는 친절하고 넉넉한 세상이면 좋겠다.

아빠와의 신나는 대화를 마무리한 딸은 후련한 얼굴로 내게 말한다.

"이마에 뽀뽀해 주세요."

잠자는 시간이 그렇게 좋을까. 그 말을 건네며 한껏 웃는 딸의 미소는 완벽하도록 아름답다. 내가 오늘도 딸의 기쁨과 위로가 되었다는 것을 확인한다. 조건을 덮은 완벽함이 내가 찾은 기본값이다.

딸의 이마에 입을 맞추며 말한다.

"사랑해."

딸도 내 눈을 바라보며 말한다.

"나도요."

2026년 1월

문경민

스카이다이빙

© 2026 문경민

초판인쇄 2026년 1월 30일 | 초판발행 2026년 2월 9일
글쓴이 문경민 | 책임편집 김지수 | 편집 원선화 이복희 | 디자인 신수경
마케팅 정민호 서지화 한민아 이민경 왕지경 정유진 정경주 김혜원 김예진 이서진
브랜딩 함유지 김은솔 박민재 이송이 박다솔 조다현 김하연 이준희
저작권 박지영 형소진 주은수 오서영 조경은
제작 강신은 김동욱 이순호 | 제작처 한영문화사
펴낸곳 (주)문학동네 | 펴낸이 김소영 | 출판등록 1993년 10월 22일 제2003-000045호
주소 10881 경기도 파주시 회동길 210 | 전자우편 kids@munhak.com
홈페이지 www.munhak.com | 카페 cafe.naver.com/mhdn
북클럽 bookclubmunhak.com | 트위터 @kidsmunhak | 인스타그램 @kidsmunhak
대표전화 (031)955-8888 팩스 (031)955-8855
ISBN 979-11-416-1512-3 03810

잘못된 책은 구입하신 서점에서 교환해 드립니다. 기타 교환 문의: (031)955-2661, 3580